愛上平行時空的你

朱夏 著

自序

人生有很多需要作出抉擇的時刻，不管是大事小事，它們可能間接影響了我們的一生，如同電影《蝴蝶效應》。有些後悔的事，或是沒能實現的機會，時不時出現在夢境裡，美夢一醒總讓人失落，然而人生不可逆，很多抉擇一旦做出決定便無法回頭。

莊周夢蝶的理論說，我們無法證明夢境和我們認知的現實哪個才是真實的存在。但如果說夢境的世界是平行時空，兩者平行存在呢？美好的夢境往往是我們對美麗缺憾的一種心靈補足，那些思念但不再聯絡的朋友，或是夢裡那些更美好的自己。

我往往在準備出版時，重新審視作品，思考最初構想的源頭。有時候靈感是一個突發事件，有時則是一點一滴的生活經歷、所見所感而構成的。這次《愛上平行時空的你》則是屬於後者。我通常不喜歡把自己投射在某個特定的角色裡，因為反而會害自己綁手綁腳，然而每個角色仍或多或少有著自己的影子。

故事起源於女主角范以歆未能得到回覆的告白信，事隔多年，她和告白的對象依舊像朋友一樣一起吃飯、聚會，她問他：「你當年有沒有收到我寄給你的告白？」這在現實中，可能是很多人在各種情境下一直沒有勇氣提出的問題。我希望藉由這部作品，讓許許多多有著同樣缺憾的朋友，能夠補完那些未能實現的可能，並珍視每一次抉擇所帶來的收穫。

朱夏

目次

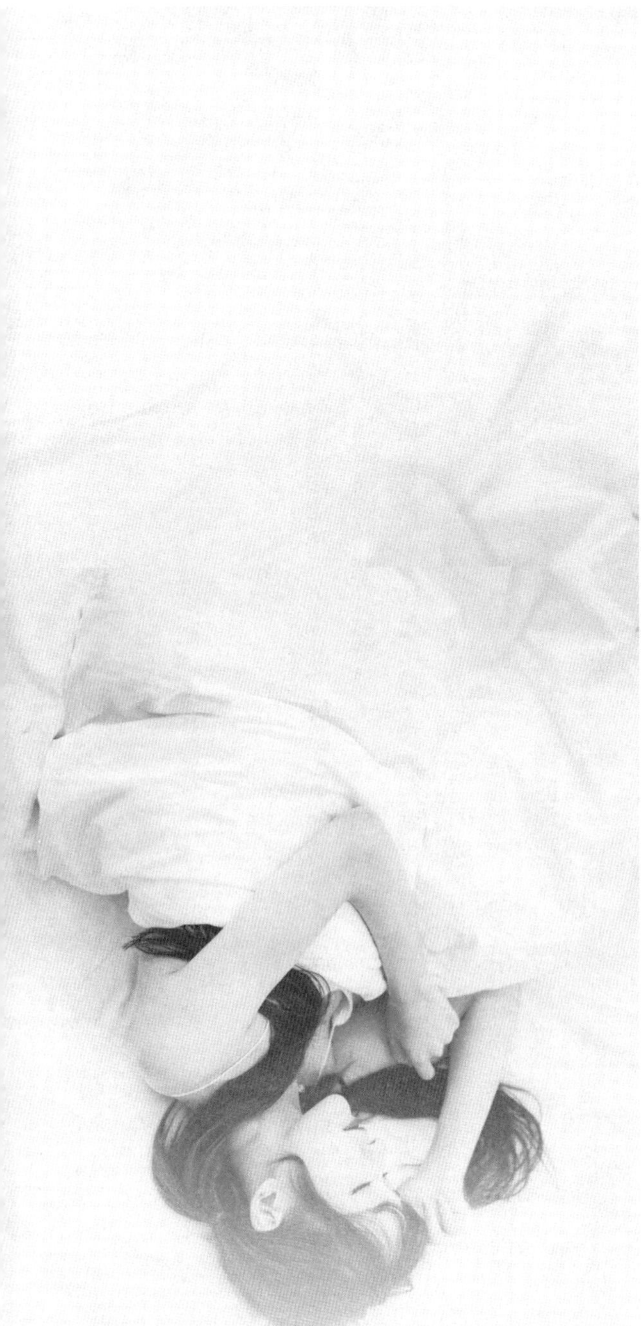

第一章　時空旅人

1-1

早晨，夏日豔陽穿過窗簾爬上范以歆的肩膀，溫熱的陽光使她感到皮膚一陣刺癢。濃濃睡意引誘她再度陷入夢鄉，她輕抓肩膀翻身繼續睡。

「以歆，現在已經快十點了，該起床囉。我們餐廳預約是十二點，我還得先去接我爸媽。」何力揚輕拍她的肩膀，柔聲將她喚醒。她蹙眉伸手抓住枕頭蓋在自己的臉上。

「以歆、以歆，起床了。」何力揚伸手搔了搔她的腰，她笑出聲挪開枕頭。他靠向前親吻她的鼻頭，她伸手抱住他的脖子回應，兩人望著彼此相擁親吻。

「好啦，別鬧了，現在可沒多餘的時間讓我們玩。」何力揚吻了她的脖子，笑著拍拍她的背，轉身下床。

「昨晚沒睡好，害我現在還好睏。」范以歆雙手高舉伸懶腰，朝何力揚伸出手，讓對方將自己拉起來。

「怎麼，昨天做惡夢嗎？」何力揚輕摸她的頭。

范以歆勾著何力揚的手搖了搖頭，但眉頭卻微微一蹙：「沒有，只是擔心你媽會不會不喜歡我？」

「怎麼會？當初我們交往她也沒反對。」他用指尖抹平她眉間的皺紋。

「但是也沒表示什麼好感吧。」

「選擇妳的人是我，不是我媽，只要我愛妳，就沒什麼需要擔心。」何力揚握住范以歆的左手，並低下頭親吻對方無名指上的戒指。

「三八。好了，我要換衣服了。」范以歆輕捏何力揚的肩膀，轉身走向衣櫥更衣。何力揚靠在衣櫃旁笑著看她。

「平常還看不夠嗎？」范以歆套上雪紡衫，伸手推了對方的肩膀。

「我只是想像了這一天非常久，但沒想到真的走到這一步時，一切美得像夢一樣。」何力揚向前親吻她的額頭。

「你太誇張了，又不是等一下就馬上要結婚。」范以歆輕拍何力揚的屁股笑著換上絲襪和長裙。

「現在和結婚也沒什麼差別呀。」何力揚專注地欣賞未婚妻換衣服的姿態，修長的美腿看起來格外誘人。

「別再看了！我手臂好粗，不知道婚禮前能不能把手臂練瘦。」范以歆嘟嘴捏了捏柔軟的手臂，

「先說好，我願意同居是在你確定要娶我為前提下才答應喔。」

「妳不知道我就是怕妳反悔才要求同居嗎？」何力揚笑著，從背後摟住她的腰。

「傻子，我看起來像是會落跑的新娘嗎？」范以歆靠在他懷裡，笑得甜蜜。

「妳知道我很容易沒安全感。」何力揚把頭靠在她肩上。

「對自己和我有自信點，傻氣的大男孩。」范以歆側頭吻了對方的臉頰。

「妳知道昨天晚上睡覺時，妳一直在說夢話，好像還叫了其他男人的名字，我現在可是在吃醋

喔。」

「有這件事？我一點也記不得了。」范以歆微笑，但表情卻有些僵硬。

「哈哈，我只是開玩笑的。」何力揚吻了她的耳朵，轉身走去浴室洗臉。

＊

星期一午休時間，范以歆和兩名同事一起到公司附近的咖啡廳用餐。

「范以歆，最近妳一副笑容滿面的樣子，該不會有什麼好事沒說吧？」待在同一部門的同事陳誼如問。

「其實是這個。」范以歆也不隱瞞，笑著將掛在脖子上的項鍊從衣服裡掏出來，墜子是一枚銀色戒指。

「喂！妳要結婚了？」三人中年紀最小的蔡佳蓉面露吃驚叫出聲，伸手打了她的肩膀，「太不夠意思了，什麼時候的事？」

「去年我生日的時候，計畫十二月結婚。昨天我見了他父母，已經開始叫媽和爸了。」范以歆遮嘴得意地笑著。

「竟然瞞了我們這麼久。而且十二月結婚！那不是再六個月？新郎是妳的男朋友嗎？」蔡佳蓉露出一臉八卦的表情。

「當然是我男朋友，不然會有誰？」范以歆蹙眉，表情略顯不滿。

「佳蓉說的話我可以理解，因為以歆總是一副猶疑不定的樣子，本來以為妳三十五歲才會嫁，而且對象說不定不是現在的男朋友。萬萬沒想到妳二十九就定下來了。」陳誼如說。

蔡佳蓉見范以歆表情沉重，輕拍陳誼如的手背說：「誼如姊，別說了，人家都快結婚，幹嘛掃興……雖然一開始是我說的。」她淘氣地微吐舌頭。

「以歆的男朋友是在建築公司上班，對吧？記得看過幾次他來公司接妳，長得高高帥帥的，其實條件很好啊，選擇他是件好事。」陳誼如話鋒一轉，開始鼓勵她。

「其實妳們說的也不是完全不對。」范伊歆面露遲疑吃了口飯，緩緩放下筷子，「昨天我男友說我晚上睡覺說夢話，說了其他男人的名字，雖然後來他說只是開玩笑，可是我總覺得好像真有這麼一回事。」

「真的假的，所以他生氣了？」

「沒有，但依他的個性就算生氣也不會說。」

「妳真的夢見其他男人？」陳誼如追問。

范以歆撐著臉頰，長嘆一聲：「我不記得自己夢了什麼，但讓我不安的是，如果真的有做夢，我似乎可以想得到夢裡的對象會是誰。」

「就我聽來，妳應該是婚前恐懼症，擔心自己選擇的對象是不是真正想要的人，畢竟結婚是人生重要的三大事之一。像妳這樣情況的人，我也不是沒見過。」陳誼如雙手抱胸，一副經驗老道的模樣。

「不過既然是有可能讓妳猶豫的對象，那個人是妳很熟的人吧？」

「是我大學社團的學長，大我一屆。」范以歆回答，肩膀不禁向下垂。

「妳很喜歡他嗎？」

「他算是我的初戀，不過一直是我單方面喜歡他。」她微微一笑。

陳誼如像喝酒般將茶一口飲盡，隨即開口：「既然猶豫不決，那就去見他啊。見過他之後，妳就會知道那只是妳對過去的緬懷，得不到的戀情反而顯得更迷人，人不都是這樣？得不到才會念念不忘，見了一面說不定就知道自己真正的心意了。」

「可是我跟學長已經很久沒見面了。只有偶而在網路上聊聊。」

「那麼學長知道妳要結婚的事嗎？」蔡佳蓉問。

「知道，因為他和我未婚夫很要好。應該說，以前我們幾個朋友感情很好。」

「那現在呢？」對方又追問。

范以歆深呼吸，笑了笑不回答。

「別問了，既然以歆已經決定要嫁給現在的男友，就不要多想。要是感到不確定就去找妳初戀的學長，釐清自己的疑惑吧。」陳誼如伸手向前，緊握住范以歆的手。

午休時間結束，三人回到辦公室繼續工作，而范以歆收到了一封來自蔡佳蓉的訊息——

「以歆姊，如果妳見過學長後還會猶豫的話，要不要試試這個？聽說可以算出妳平行時空的人生喔！」

在訊息下方，放置了一串網址，點進去看，內容寫道：

「平行時空占卜術——人生是一條分岔的路，每條路通往不同風景，你／妳是否曾經懷疑自己的選擇？」

「這個看起來還真可疑。」范以歆喃喃自語，雖然她話這麼說，但內心深處卻很在意蔡佳蓉的留言。如果可以知道自己的另一種人生，那究竟會是怎樣的世界？

＊

週末下午，范以歆走出捷運站，不自覺地梳理頭髮，時不時望向櫥窗倒影，心想自己的妝會不會太濃。她繞過小巷不到五分鐘已經抵達約定的咖啡廳，推開玻璃門，空調的氣流伴隨咖啡香撲鼻而來。

與她相約的人就坐在靠窗的角落，那人見到她馬上露出微笑。

范以歆沒想過幾年來一直只是看著照片的人，親眼見到面時，竟然會心跳加速。

「以歆，好久沒見，變漂亮了。」坐在她眼前說話的人就是她的初戀學長——邱凱翔。

「嗯，是啊，有四年多沒見吧。你最近還很忙嗎？」范以歆拉開椅子坐下，兩人的視線平行後，不由得感到不知所措。

邱凱翔穿著簡約，散發出一股雅痞的氣質。范以歆反觀自己的衣著，似乎刻意打扮過，不禁覺得愧疚又難為情，下意識用手背擦了擦臉頰，把臉上的腮紅抹淡。

和以前喜歡的人見面，竟然打扮得這麼花枝招展，是不是顯得很花癡？范以歆想著，不由得自我厭惡，尤其是她並沒有和未婚夫何力揚提起自己和邱凱翔見面的事。

「趕快點餐吧。我已經先點了。」邱凱翔對服務生揮了揮手。

在兩人點完餐後，邱凱翔看著她笑：「這件洋裝很適合妳。果然幸福會讓女人變漂亮。」

「少諂媚了，今天是各付各喔。」范以歆開玩笑，但內心卻有些小悸動。

「我聽力揚那個臭傢伙說你們要結婚了，真的很替你們高興。」

「謝謝。」她微笑喝了口咖啡，將雀躍的心情壓制住。

「你們什麼時候結婚？我把時間空下來。」

「十二月二十日。你現在還是到處旅行嗎？」

「可以這麼說，不過正確來說算是工作。」

「我們社團裡，只有你真的朝攝影的夢想前進。我都快忘記你本來專攻法律。」范以歆望著他不禁感嘆時光飛逝，從學長身上看到許多過去回憶的影子。

「我的工作看起來很有趣，但其實我不時還是很懷念安定的日子，每年待在台灣的時間很少，好像居無定所。像今天和妳見完面，明天又要飛去馬爾他拍照。」

「馬爾他？在南亞？」范以歆面露困惑。

「是在南歐。我第一次去的時候，也不清楚那裡是哪裡，幸好我的破英文還派得上用場，每次旅遊都沒有太大的問題。」

「什麼破英文，你是我認識英文最厲害的。」

邱凱翔笑出聲，打趣地說：「大概是因為我專攻的科系，我是法律系要看的原文書很多，順帶一提我還會德文跟日文，是不是想考慮我一下？」

范以歆咖啡喝到一半嗆到，忍不住咳嗽。

「我只是開玩笑，不要這麼激動。」邱凱翔抽了幾張衛生紙遞給她。

「別拿我開玩笑，以你的條件應該不缺女人上門吧。」范以歆故作冷靜，掩飾內心的動搖。

「至少現在不是。都三十了，現在要找對象不容易，大家還是喜歡穩定，這樣才能好好生活，而我的工作收支不是那麼固定。有時候看著妳和力揚讓我很羨慕，但對於現在的生活我還沒辦法鬆手。」他露出溫柔的微笑。那是她過去最喜歡的笑容。

「你現在過得幸福嗎？」范以歆忍不住問。

「稱不稱得上幸福，我不確定，但至少是滿足的。妳呢，現在幸福嗎？」

范以歆低頭攪拌杯裡的白糖，輕聲嘆了口氣：「我喜歡現在的生活，我是說我就快要結婚了，但我不確定這是不是我最想要的選擇。」

邱凱翔單手撐著臉頰，笑著說：「這就是妳今天找我的原因？」

她沒說話，只是點頭。

「我們無法預知將來會發生什麼，所以人生才有趣，但也因為這樣，妳才會感到迷惘吧。」

「我不確定自己做的是不是正確的選擇。」

「那麼我反過來問妳，妳喜歡力揚嗎？」邱凱翔微笑靠向前。

「當然喜歡。」她不假思索地回答，但目光卻落在學長開朗的微笑。

「那就沒有問題了。」邱凱翔聽了她的回答低下頭拿起咖啡杯，又默默放下，「還有什麼讓妳困惑的因素嗎？」

范以歆望著邱凱翔露出猶豫的神情，但卻搖了搖頭。

「那妳還擔心什麼?力揚一看就很好欺負，不用擔心他會對妳不好。妳愛他，他也愛妳，這已經滿足結婚的基本要件了。」

她聽見學長這麼說，內心竟有些寂寞，嘆氣道：「人活久了要面臨的選擇愈來愈多，以前學生時代只要盡本分好好讀書，不必想太多，而現在要做選擇反而變得優柔寡斷。」

「我也是，當初畢業時，我猶豫了很久，究竟是要繼續走法律的路考律師，還是選擇興趣，最後竟然跑去澳洲打工度假了一年，回來不久就決定要靠攝影吃飯。現在想起很荒唐，但是我不後悔。」邱凱翔笑了幾聲。

聽到邱凱翔提起關於旅居澳洲的過往，范以歆想起當時自己做過的事，摸摸發燙的耳朵：「不荒唐，其實挺瀟灑的。」

「仔細想想，我大概是因為去了澳洲，才下定決心要當專業攝影師。」邱凱翔望著范以歆的雙眼，眼神中流露出一絲懷念的神情。

「阿凱學長總是這樣，想做什麼就衝的個性。」范以歆望著他會心一笑。

「但我就是太衝動了，當不了你們的模範。」

范以歆搖了搖頭，食指碰著茶杯杯緣，抬頭望向邱凱翔問：「我有一件事一直沒有向學長確認過。」

「什麼事？」邱凱翔微笑。

「在你旅居澳洲那年，我曾經寫了一封信給你，你收到了嗎？」她低頭不敢看他。

邱凱翔摸著脖子，緩緩深吸了口氣：「收到了。還好好收著。」

范以歆雙頰發燙垂下頭。那封信是她人生第一次告白，大學畢業前夕寫下自己的心意寄給了初戀的邱凱翔，在那之後兩人好一陣子沒有聯繫。

「當時我沒有要求你回覆，現在我要結婚了，可以告訴我當時你的想法嗎？」范以歆緊張問道，目光始終停留在桌面。

邱凱翔把杯裡最後一口咖啡吞進肚裡，伸出食指戳了她的額頭。

「嗯？」范以歆不明所以，抬起頭望向他。

邱凱翔面帶寂寞的微笑，柔聲回應：「妳都要結婚了，知道我的答案好嗎？」

范以歆和邱凱翔見過面後，獨自走在回家的路上，內心陷入沉重不安的情緒，因為此時她腦海裡迴盪著邱凱翔離開餐廳前，對她說的最後一句話。

——「當時我的答案是喜歡。」

「明明跟他說不用回答了，結果他還是說出來……」范以歆坐在捷運車廂內，長嘆了口氣。

她打開手機一看，從高中朋友那裡收到了附有連結的訊息，是網路新聞的報導。標題上寫著：

「利用催眠結合占卜，計算出平行時空的人生發展！」

「這個東西真的這麼神奇？怎麼大家都在說……」范以歆喃喃自語。

「經過占卜後，我才發現原來我可以改變現在的人生，還可以重新選擇，獲得自己想要的生活。」

文中被採訪的經驗者所言，讓范以歆的腦海中不禁閃現另一幅畫面。

如果現在準備要跟自己結婚的人是邱凱翔而不是何力揚，生活會有什麼改變？

「我回來了。」范以歆走進家門，何力揚正站在廚房準備兩人的晚餐。

「好玩嗎？」何力揚一邊翻著鍋內的炒飯一邊問。

「嗯？」范以歆作賊心虛，愣了幾秒。

「妳說今天是和朋友一起吃飯吧。」

「喔，對。很久沒見了，很開心。」她微笑掩飾心虛。

「是高中同學，還是大學的？」何力揚態度輕鬆將飯倒入碗裡。

「是系上朋友。」范以歆說了隨即又搖了搖頭，反悔道：「其實是阿凱學長。」

何力揚關掉瓦斯，放下鍋鏟轉身看向她：「為什麼不一開始就告訴我，妳去見的人是阿凱？」

范以歆非常少見到何力揚生氣的表情，這大概是認識十多年來，不到十次中的一次。

「因為我怕你不高興……」范以歆低下頭，伸手拉了拉對方的衣袖，「對不起。」

「妳怕我不高興是因為我知道妳以前喜歡阿凱嗎？」何力揚雙手扠腰，忍不住嘆氣。

范以歆露出做錯事的表情，點了點頭。

何力揚再次嘆氣，摟住她的腰，深深一吻，靠在她耳邊說：「我只要知道妳現在喜歡的人是我，這就夠了。」

「對不起，我應該告訴你的。」范以歆愧疚地抱住他，耳邊突然傳來一陣刺痛。

「你竟然咬我！」范以歆摸摸發疼的耳朵，用力捏了何力揚的肩膀。

「這是懲罰，真是的。叫上我三人一起吃飯不是挺好的嗎？那傢伙很忙，要跟他吃飯老是要事先預約。你們約吃飯，怎麼都沒想到要找我？」何力揚轉身繼續煮飯。

「好啦，下次一定找你。」范以歆輕輕打了一下對方的屁股，笑著轉身準備回房間更衣。

她看到何力揚吃醋的模樣，不由得覺得好氣又好笑。然而他的話也讓她不禁產生疑惑。既然學長都知道她要和何力揚結婚了，為什麼卻沒想過要找對方一起吃飯？

不用再去想自己的選擇到底對不對，我愛的人就是力揚，不需要再煩惱了。范以歆在心中默唸，伸懶腰走進兩人的房間。

房間昏暗，唯獨電腦螢幕發出藍色的光，螢幕保護程式秀出兩人出遊時的照片。范以歆經過電腦前，將包包放在桌上，滑鼠一推解除了螢幕保護程式，螢幕出現的畫面令她不由得好奇地坐下來看，上面出現的竟是「平行時空占卜術」的網站，而且還是網路預約頁面，首頁斗大標明這間占卜店的名字「時空旅人」。

「怎麼連他也在看。」范以歆喃喃自語，隨即耳邊傳來筆記本跌落的聲音。她彎下腰拾起掌心大的小本子，那是何力揚隨身攜帶的物品。她忍不住偷窺了筆記本上的字：「7／19星期二　下午三點」。

她往前翻了幾頁都有類似但不同日期的紀錄，就好像是預約門診的時間。

「難道他也去占卜平行時空了？」范以歆抬頭看向螢幕上的網站，快速抄下預約電話和何力揚預約的時間。

這時電燈突然被打開，她身後傳來了腳步聲。

「以歆，怎麼不開燈？」何力揚望著她問。

「因為我想說只是進來換一下衣服。」她急忙站起身背對螢幕脫下外套。

「別這麼省錢，以後有我養妳啊。換好衣服就來吃飯吧，晚餐我煮好了。」何力揚說完便轉身離開。

范以歆看著未婚夫的背影心想，如果對結婚感到猶疑不定的人不只有自己，那該怎麼辦？這個婚還要結嗎？

1-2

隔天上班，范以歆過了一夜依舊未能釋懷對未婚夫的疑慮，抽空撥打筆記上記錄的預約電話。

「您好，這裡是時空旅人。請問要預約門診嗎？」手機另一頭傳來細柔的聲音。

范以歆聽到「時空旅人」這名字感到不適應，捏捏鼻梁並說明：「事情是這樣的，我朋友預約了明天的門診，時間是下午五點。我知道他似乎很常到貴診所去。」

她口中一提到診所這個詞，不禁皺眉。她不確定是否可以將占卜視為醫療的一種，因此話講得彆扭。

「請問您的朋友是何先生嗎？」

「是。方便讓我了解一下，何先生是什麼時候開始到貴診所接受治療？」

對方沉默許久後回應：「很抱歉，這攸關病人的隱私，不能告訴您。」

「但我是他的未婚妻耶。」

「請稍等一會兒。」對方說道，隨後話筒傳來細碎的對話聲，顯然是在和其他人討論。

幾秒後，對方再度回應：「很抱歉，我們基於道德還是不能告訴您。」

聽起來就是去了不只一次，而且什麼叫基於道德？好像我做了違反善良風俗的事。范以歆暗自抱怨，深呼吸後下定決心：「那好，我要預約看診，請告訴我可以預約的時間。」

＊

在何力揚預約看診的當日下午，范以歆請假來到時空旅人診所的所在地。她鬼鬼祟祟地躲在騎樓的柱子後方，路過的阿伯看到她不禁面露狐疑。

范以歆發覺自己戴上口罩加連帽，打扮看起來相當可疑。正當她打算脫掉帽子時，卻看到何力揚的車子開往這裡，急急忙忙轉身背對他。

特地向公司請假來這裡調查自己的未婚夫，我到底在做什麼。范以歆在心裡喃喃自語。等到腳步聲離去後，她才轉頭看向診所門口，何力揚已經走進診所內，並沒發現她。

范以歆站在門口來回踏步，不曉得該就此離去，還是等未婚夫出來問清楚。她左思右想，得不到解答，最後選擇打電話給正在休產假的姊姊求助。

「以歆，今天沒上班嗎？」姊姊問。

「怎麼辦，我現在人在時空旅人外，但力揚已經進去了。」

「時空旅人？就是那個最近新聞一直在報導的診所嗎？」她姊姊語氣聽起來很興奮。

范以歆聽見診所兩個字，不禁再度蹙眉。

「就是那間店，說什麼可以看出另一種人生。力揚沒告訴我他來這裡的事，他已經進去了。怎麼辦？我說不定結不了婚了。」

「怎麼會啊。力揚在向妳求婚前還特地跑來我們家，先得到爸媽的許可才求婚的耶。真像是偶像劇。」姊姊發出讚嘆。

「有這件事？我怎麼都沒聽說。」范以歆面露吃驚。她一直以為她家人是在何力揚向自己求婚成功後才得知兩人決定結婚的消息。

「啊，他交代過不要告訴妳。算了，反正你們遲早都要結婚。」

「這不是重點。他進去時空旅人做什麼平行時空占卜，而且似乎不只一次。那不就跟這間店的廣告一樣，因為不確定自己做的選擇對不對，所以需要接受占卜嗎？」范以歆焦急說道。

「那妳就跟他一起進去嘛。」

「不行啦，這樣他會發現我跟蹤他來這裡。」范以歆說著，不停窺視診所，診所內的護理師看向她面露警戒。

「不可以喔，要好好說清楚，畢竟妳是想跟他結婚的，對吧？」

范以歆沉默了幾秒，只是應了一聲。

「那就好，又不一定是什麼壞事，不必馬上往壞方向想。我也是過來人，看得出來力揚是真心想娶妳。妳如果擔心的話，就和他說清楚吧。」

「好，我知道了。」范以歆輕聲嘆息，點了點頭，轉身離開。

我會好好說清楚，在我明白他到底想做什麼之後。范以歆心想著，緩步往公車站移動。

晚上當何力揚返家時，范以歆已經在家了。她面對桌上剛買好的披薩，望著電視新聞發呆。

「真難得，妳竟然比我早回家。」何力揚關上門，瞥見桌上的披薩，抓了抓頭問：「妳不是說要減肥嗎？又不是週末，怎麼會想買外食？」

「就是想吃，難道你嫌我胖？」范以歆忍不住對他發脾氣。

「怎麼會。」何力揚走到她身旁，伸手摟著她的肩，輕輕吻了她的額頭。

「你今天有加班嗎？」

「嗯？沒有啊。只是下班後聽同事抱怨主管，所以晚一點下班了。」何力揚笑著，一派輕鬆走進房間。

范以歆盯著房門口，不滿地打開披薩先吃了起來。

「自己不是還隱瞞我事情，你到底在想什麼……」范以歆喃喃自語。

＊

夏日艷陽高照，范以歆難得戴起墨鏡懷著不安的心情走下公車，前往幾天前偷偷監視未婚夫的時空旅人。

濕熱的暑氣使她的肌膚表層滲出些許汗水，她走進診所裡，美麗的護理師看到她便熱情地向前詢問。

「您好，請問有預約門診嗎？」

「有，我預約下午三點。」

櫃台前護理師翻開預約名冊查詢後，隨即看向范以歆露出警戒的眼神問：「是范小姐嗎？」

「對，我就是。」范以歆上前看著名冊，忍不住往前翻找未婚夫的名字。

護理師似乎明白她的意圖，用手壓住名冊，面帶微笑：「范小姐的名字在這裡。」

對方將頁數翻回今日的位置，表情親切地用食指指向范以歆名字下方的空格，請她簽名。

「我記得電話裡說這裡是診所……所以可以用健保卡嗎？」

「不好意思，我們診所沒有列入健保給付範圍。但為了方便診療快速理解狀況，還是需要您提供健保卡。」

「呃……那費用是多少？」范以歆摸摸錢包，內心有些擔心。

「初診是一千二，複診七百五。」

比想像中貴不少。范以歆心想著，表情馬上顯現出來。

「事實上我們的收費和心理諮詢相當。」護理師補充。

「喔，我了解了。」范以歆趕緊收起吃驚的臉，掏出錢包。這幾日光是婚禮各項籌備就不曉得燒掉多少錢。現在又要為了未婚夫花錢在這種可疑的地方，她不禁埋怨起何力揚。

「好的，請稍等五至十分鐘。」護理師收走錢後，指向一旁的沙發椅。

就大安區的位置來說，這間診所確實布置得十分高雅，就連牛皮製的米色沙發也看起來價格不菲。

診療室的門敞開，一名穿著高雅的貴婦走了出來，還不時向診療室內揮手道別，面露依依不捨的表情。

「范小姐，請進。」

范以歆聽到護理師叫號，立即從沙發上跳了起來。

她走進診療室，房間裡的美式裝潢看起來十足簡約舒適，其中一張橫躺式的沙發椅放置在中央，就和電影中心理治療使用的椅子一模一樣。她第一次看到這樣的診療室，不禁感到好奇。

「妳是范以歆小姐？」一旁的男人問。

「是，我就是。」

范以歆轉過頭看向對方，那人長相斯文，以坐著的高度判斷大約有一百八上下，整個人的氛圍和語氣像是喝過洋水的ＡＢＣ，跟新聞報導寫的一樣，確實像在國外讀過書。

以他的相貌應該吸引了不少女性上門吧。范以歆心想。

「請坐吧。妳應該是第一次來？」

范以歆點頭坐下，思考是不是需要脫鞋躺下。

「椅子下方有墊棉紙，妳可以以自己最能放鬆的方式坐下，脫不脫鞋都可以。」

「好。」她不認為自己會待多久，索性不脫鞋維持能隨時離開的狀態，但一想到剛剛花下去的一千二又覺得太早走很不划算。

「我姓許，叫我偉恩就可以了。請問妳有什麼問題想詢問？」

「事實上，不是我有問題，是我的男朋友來過這裡，而且似乎來了很多次，所以我想知道他遇到了什麼問題。」

「所以妳來這裡，不是為了解決自己的問題？」偉恩挑眉看著她。

「對，不對！我男朋友的問題就是我的問題……呃，請問錄音是必要的嗎？」范以歆看到一旁的錄音筆露出狐疑的表情。

「如果妳覺得不自在也可以選擇不錄，但基本上這只會列入診療紀錄，不會洩漏個人隱私。至於妳的情況，請問妳跟妳男朋友發生了什麼問題嗎？」

「我想知道我男朋友來這裡的目的，他對自己的什麼決定感到後悔。」

「如果他沒告訴妳，或許就是不想讓妳知道。基於醫療原則，我無法讓妳知道他希望了解的問題。」偉恩態度溫和婉拒了她的要求。

「我知道，這些事你的護理師都跟我說過了。但我跟他不久就要結婚，所以我必須知道他是不是後悔和我結婚，而且為什麼要隱瞞他來這裡的事。」

「每個人都會有一兩件不想讓人知道的事，不僅戀人就連家人也不想讓他們知道。這並沒有什麼好奇怪，我想是妳多疑了。」偉恩雙手交疊，對她露出迷人的微笑。

「你能保證嗎？你確定我未婚夫不是想跟我分手，所以來診療確定自己另一段的人生？」

「妳的未婚夫是何力揚吧。」偉恩看了一下桌上的電腦螢幕，檢視她健保卡內的資料。

「你怎麼知道？健保卡應該不會寫到我的未婚夫是誰。」范以歆側身，試圖偷瞄螢幕。

「我只是聽他說了不少關於妳的事，還看過妳的照片。」偉恩發現她的意圖，將螢幕轉偏向自己。

「他該不會是問如果不跟我結婚，會不會比較幸福之類的問題吧？」范以歆面露不安。

「關於他問了什麼我不能回答，但我確定他是愛妳的。」偉恩親切微笑，「妳需要喝杯奶茶或是檸檬水嗎？」

「請問有咖啡嗎？」

「咖啡會刺激腦部，產生亢奮，所以我們不提供。」偉恩笑著，往診療室旁的小窗口說：「安琪，麻煩準備兩杯奶茶。」

不久護理師端著奶茶進房，分別拿給兩人。

「喝點奶茶，妳會比較平靜些，牛奶有助於安定神經。」偉恩雖然面帶微笑，但他的話卻老是讓范以歆覺得語帶諷刺。

她喝了口奶茶，緩緩嘆息說：「我只是擔心他會反悔，關於結婚的事我有點不安，知道他來這裡就讓我更不放心。朋友又說我看起來不像會在這個時間點結婚的人，可是我都快三十了。到底這個婚結不結得了？」

「在我聽來妳也很猶豫。」

「『也』是什麼意思，他告訴你他猶豫了？」范以歆抓到線索就拚命追問。

偉恩什麼也不說，只是微笑。

「算了，反正你也不會告訴我力揚的事，奶茶我也喝了，今天就這樣吧。」范以歆把腳放下，準備離開時，偉恩靠向前，硬是把她的肩膀往下按，強迫她躺下。

「你想幹嘛？」范以歆下意識抱住自己的雙肩。

「沒事，只是覺得妳都來了，不試試嗎？」偉恩微笑，推著自己的椅子靠上前坐下。

「試什麼？」

「平行測量，雖然新聞說是平行時空占卜，但我是學心理治療的，才不是哪來的神祕占卜師。

然而記者說講占卜才能吸引人，大眾也會比較容易了解，所以才用了占卜的名義。」偉恩搔搔額頭，輕聲一笑。

「但我又沒病。」范以歆想坐起身，但馬上又被偉恩按住肩膀。

「妳這是刻板印象。更何況，對自己的人生感到困惑，難道不算是一種輕微的疾病嗎？而且也沒人說心理治療就是有病，這只是解決困惑用的診療。妳就真的沒有任何疑惑的事？和妳比，何力揚可是相當認真面對自己的問題。」偉恩挑眉看著她，表情質疑。

「但是我……」范以歆面露猶豫。

「妳在這裡說過的話，我不會告訴任何人，就連妳的未婚夫也是。」

「但你就告訴我他來這裡的事了。」

「那是因為妳早就發現這件事實，所以我不必隱瞞妳。」偉恩露出迷人的微笑。

范以歆盯著偉恩的臉，真心覺得他很會說話，講話相當有條理，學心理的人都這麼會說服人嗎？

「說說看，在妳的人生中，有沒有遇過任何對選擇感到迷惘的時刻。或許藉由平行測量，妳可以知道當時如果做了第二選擇，可能會得到什麼結果。」偉恩說著拿出遙控器，打開櫃子上的音響，播放音樂。

范以歆聽著音樂，腦袋漸漸昏沉，不禁懷疑剛才的奶茶是不是被下藥了。

「想睡覺就閉上眼睛，我們有的是時間，跟我聊聊妳吧。過去是否有什麼讓妳困惑的時刻，隨便聊聊就好。」偉恩帶有磁性的嗓音聽在范以歆耳裡竟有些催眠。她雖然對什麼平行時空抑或是平行測量的理論半信半疑，但又不禁心想既然新聞報這麼大，何不姑且一試？

「硬要說的話，大概是在我大學四年級畢業典禮前一晚，力揚突然打電話找我。」

「嗯，那天妳做了什麼？」偉恩語帶期待。

「不是我做了什麼，而是他那天突然向我告白。」她繼續以夢話般呢喃的口吻說道。

「好，繼續說。」

「我記得那天晚上正在下雨——」她回憶起那一天發生的事，不知不覺陷入記憶裡——

那天星期五晚上，范以歆坐在自己承租的小雅房裡。她的雅房位於學校不到十分鐘的距離。書桌的位置面向窗邊，可以從這裡望見外頭的雨景。路燈下，雨水呈現白色絲線，不停向下墜。住在這裡一年了，明天畢業典禮結束後不久就得搬離這裡，她不禁感到不捨。

對於未來的出路，范以歆沒有太多想法，只要能賺錢餵飽自己就好了。

在她的書桌前擺著從澳洲寄來的明信片，寄件人是邱凱翔。她嘆了口氣伸手拿起明信片，試著揣想學長的心情，輕聲唸出上頭的字句：「以歆，妳過得好嗎？澳洲這裡已經是冬天了。天氣很冷，我打工的地方是一家連鎖飯店，最近我開始習慣在放假的日子，帶著一罐熱咖啡沿著飯店前的河堤漫步。這會讓我想起穿過我們學校的小河，以前大家常在那裡聊天。我想起妳坐在河岸邊迎風大笑的模樣，不知道為什麼那變成我最懷念的風景。祝福妳畢業快樂，期待再次在台灣相見。凱翔。」

「阿凱學長到底想說什麼，我大笑的臉是他最懷念的風景？結果關於我的信，他什麼都沒有回覆啊。」范以歆胡亂搓揉著自己的髮絲，長嘆一聲趴倒在書桌上。

「都是何力揚害的，早知道就不要找他問意見了。為什麼向學長告白了啊！」她歇斯底里大叫，「這樣他回台灣之後，要用什麼臉見他？」她埋怨道，閉上眼睛。

忽然間書桌傳來震動，范以歆吃驚坐直身，發現是自己的手機在響。

「喂？」她慌張接起電話，連來電的人是誰都來不及看。

「范以歆，是我啦。」電話那一頭傳來何力揚的聲音，還聽得見背景的雨聲。

「怎麼了，你知道現在幾點嗎？」她驚呼。

「我知道，晚上十點。」對方對著話筒大喊。

「那你現在打給我做什麼？」范以歆不耐煩地問，學長的事讓她心煩，沒心情和對方聊天。

「明天就是畢業典禮了。」

「所以呢？」

「我現在在妳家樓下。妳可以下來嗎？」何力揚的聲音聽起來有些緊張。

「喔。知道了。」范以歆簡短回應便走下樓，才剛打開樓下鐵門，就看到對方撐著傘站在巷子裡。

「大半夜的，怎麼會想來找我？」

何力揚走到門口騎樓下避雨，把傘收下，一臉認真望著她：「我有話想問妳。」

「你是怎麼了，表情突然這麼正經，想嚇死我嗎？」她笑出聲，握拳輕捶對方的肩。

他深呼吸，開口說：「我上禮拜收到了阿凱的信，妳有收到嗎？」

范以歆點頭。

「他有跟妳說什麼嗎？」

「什麼也沒有。上次我寫信告白的事一字也沒提。」范以歆雙臂交抱，咬著下唇。

「原來如此。」何力揚露出微笑。

范以歆見了忍不住抬起腳踢了他的屁股，不滿道：「你在笑什麼？」

他面露抱歉：「我現在講這些或許會讓妳覺得很疑惑，畢竟當初是我慫恿妳向阿凱告白。」

「都是你啦，以後見到阿凱學長不就丟臉死了。」她摀住臉。

「我當初是真心覺得阿凱可能會回應妳，所以才叫妳寫信告白。」何力揚握住她的手，將她的手抓下來，「本來我想等到畢業典禮當天再跟妳說，但是我想畢業典禮到處都是人，妳的家人應該也會來幫妳慶祝，那天可能不是個好時機。」

「你到底想跟我說什麼？」

「我本來沒打算這麼說，因為知道妳喜歡阿凱，但和妳聊過之後，我決定自己也應該鼓起勇氣。」他深吸了一口氣，表情堅定望著她的雙眼，「范以歆，我從很久以前就喜歡妳了。」

「嗯？」范以歆吃驚盯著他，只覺得對方的手握得更緊。

「我不需要回覆，只是想要告訴妳這件事。讓妳不舒服了嗎？」何力揚面露不安。

范以歆見他這樣的表情也不好傷他的心，委婉說道：「是沒有到不舒服，只是有點……意外。」她低下頭，隱約感覺何力揚的手在顫抖，「你在發抖嗎？」

「我很緊張啊，很怕妳會不理我。」何力揚微笑，但表情依舊緊張，嘴角微微顫抖。

「我怎麼會？都四年的朋友了，為了這一點事情不理你，未免太沒意思。」

何力揚傻笑摸了摸頭：「我可是真的很緊張，被不喜歡的人告白，怕妳會覺得困擾。」

「也不至於到不喜歡，只是喜歡的定義不同。」范以歆慌張回答。

「所以我還有機會嗎？既然阿凱沒有回應妳的告白，我是不是可以成為候補？」何力揚睜大眼，露出期待的表情。

「候補？又不是競選。」范以歆低下頭笑出聲。

「啊呀，我又說了奇怪的話吧。我只是想知道我有沒有機會？」何力揚認真望著她，雙手緊握。

「還是朋友，機會什麼的，說起來真奇怪。未來會怎樣我也不知道，你想嘗試就試啊。」范以歆把手抽開撥了撥瀏海掩飾尷尬。

「太好了，我以為妳會拒絕。」何力揚忍不住興奮抱住她的肩膀，發現她雙頰漲紅，趕緊鬆開手，尷尬笑了笑，「抱歉。」

這就是他們跨越好友界線的起因。范以歆這麼想著。在那時，她對何力揚的感情一直是很好的朋友，就像哥兒們一樣，沒想過會交往。如果當時斷然拒絕，結果兩人還會在一起嗎？還有可能結婚？

「那時候，妳是喜歡學長的吧，但妳依舊答應何力揚讓他追妳。而妳認為自己當時的回答影響了未來的發展，對嗎？」偉恩的聲音突然從腦海裡傳來。

當時邱凱翔回國後，范以歆和何力揚早已默認彼此是男女朋友，她不得不同意偉恩說中自己的心聲。

「那我該怎麼回答，怎麼做才能知道我當時的回答對不對？」范以歆脫口回應，眼前何力揚的身影突然變得模糊，彷彿被雨水打濕一般。

「那麼妳後悔當時的回答嗎？」

「並不是後悔，我只是好奇如果我當時沒有給他機會，後來我們是不是就不會交往？學長回國後也許我和學長會有新的發展，我有沒有可能換了另一種人生？畢竟學長也說他喜歡過我。」

「也就是說，妳對另一個選擇感到好奇，是這個意思嗎？」偉恩的問題就像是在引導她說出內心的疑惑。

「大概……」范以歆喃喃自語，不曉得此時自己究竟身在何處，但她內心確實好奇人生的另一種抉擇。然而每當這麼想時，總覺得對不起何力揚。她也愛他，而他總是愛她多一些，這讓她很愧疚。

「只是換個說法，看看可能會有什麼結果，沒有誰對誰錯。要不要試試看呢？」

范以歆還沒來得及回答，只見何力揚的身影又轉為清晰，重新握起她的手。她剛才因為偉恩的聲音而被拉回現實，這次重新站在七年前的何力揚面前，發現他那時看起來好青澀，依舊是個大男孩。

「啊呀，我又說了奇怪的話吧。我只是想知道我有沒有機會？」何力揚認真地望著她，雙手力道加強。

「嗯？」范以歆聽到一樣的話重複出現，不由得面露困惑。

「我是想問妳，妳願意給我機會追妳嗎？」他再次詢問。

「這是什麼奇怪的問法。我們不就是朋友嗎？」范以歆這次繞著問題打轉，不想給對方明確的答案。

「妳如果感到困擾，我不介意繼續當朋友，只是想知道有沒有這個機會。」何力揚的笑容漸漸垮下。

范以歆猶豫了半晌說不出話。她不想傷何力揚的心，但同時又好奇不一樣的回答會得到什麼結果。

「這裡只是妳腦內的平行時空，不會影響妳真實世界的生活，試著說說看在當時妳心裡的另一個答案。」偉恩的聲音再次傳進她的腦海。

范以歆面露猶豫，盯著過去的未婚夫，深吸了口氣，做出決定。

「力揚，我現在只想和你做朋友，還沒辦法考慮這麼多。」她凝視著他的臉，語氣認真。

她見何力揚露出難為情又夾帶著失落的表情，忍不住伸手輕輕摸了他的臉頰。過去她可能不懂，但是跟他交往了這麼多年，馬上便看出現在他心裡很受傷。

何力揚握住她的指尖，從自己的臉上挪開，勉強堆起微笑：「我明白了，妳還願意把我當作朋友我就滿足了。畢竟我本來就知道妳喜歡的是阿凱，還來跟妳說這些有的沒的，妳就幫我個忙，當作我沒說過這些話好了。」

「力揚，我沒有不高興。」范以歆慚愧地看著本當是自己未婚夫的男人。即使並非現實，她依舊覺得自己背叛了他。

「真的不用介意。我沒事。」他不自然地笑著揮手，拿起雨傘連撐也沒撐便快步衝進雨中離去。

「啪！」突然范以歆的耳邊傳來像是靜電般的聲響，使她瞬間驚醒。

「力揚！」范以歆大叫，從椅子上跳起來。轉頭一看，偉恩仍坐在一旁，對她露出神祕的微笑。

「你這到底算什麼治療啊，要我在夢裡背叛我未婚夫。」范以歆甦醒見到偉恩不禁大罵。

「我沒有強迫妳，只是引導妳，給妳一些建議，結果怎麼發展全掌握在妳，是妳自己決定選擇拒絕何力揚。不論如何，妳的現況並沒有改變。」偉恩指向她胸前掉出來的項鍊，訂婚戒指依舊掛在上頭。

范以歆握住胸前的戒指，深呼吸。臉上的表情沉了下來，藉由掌心的戒指提醒自己，現在愛的人仍是何力揚。

「我要回去了。」范以歆一臉茫然爬下椅子，抬頭看向牆面時鐘，時間竟已過了整整一鐘頭。

「事實上診療還沒完全結束。」

「都過了一小時，還沒完？」

偉恩見她反應這麼大，忍不住笑出聲：「我沒有說不放妳走，妳當然可以回家見妳親愛的未婚夫。剩下的治療是回家功課，睡幾次覺妳就知道了。」

范以歆點頭，敷衍道：「我知道了，我要回家，謝謝你的奶茶。」

「再見，我相信我會再看到妳。」偉恩露出意味深長的微笑，目送她離開。

范以歆離開時空旅人回到家時，何力揚還沒回來。打開手機一看，上頭浮現今日的提醒，未婚夫今天陪客戶吃飯，不用幫他準備晚餐。

她嘆了口氣，洗澡換好衣服，隨便泡了碗杯麵當晚餐了事。打開電視，轉到電影台，望著電視發呆。當電影裡男女主角分離時，她忍不住大哭，不停抽衛生紙擦乾眼淚。她很愛哭，平時若看電影看到哭，何力揚會坐在一旁抱住她的肩膀，但今天對方不在。她看向時鐘，已經晚上九點半了。

她打開手機，沒收到任何來自何力揚的訊息，內心不由得焦躁。

「你什麼時候回家？」她傳了一封簡訊給他。

等到晚上十點，何力揚依舊尚未返家。范以歆沒等他回來就先進房睡了。睡到一半，被房間裡的小夜燈燈光亮醒，睡眼惺忪爬起身。

「抱歉，把妳吵醒了嗎？」何力揚拉開棉被在她身旁坐下，他的頭髮微濕，似乎才剛洗好澡。

「你好晚回來。」范以歆不滿嘟起嘴，伸手攬著他的脖子。

何力揚見她這麼撒嬌笑出聲，摟著她的腰，柔聲說：「抱歉。因為陪外國客戶喝酒，所以晚回來了。今天怎麼突然想和我撒嬌？」

「因為回家想見你的時候，卻沒有看到你，所以很想你。」

何力揚笑著，撫摸她的臉，靠上前親吻，手伸向她的腰間。范以歆感覺到他手掌的熱度，以及胸膛的起伏。

「今天可以嗎？」何力揚靠在她的耳邊，輕聲問。

范以歆沒回答，只是自己主動吻了他的脖子。何力揚露出打從心底愉快的微笑，翻身抱住她，兩人身體緊緊相依，感受彼此的氣息和體溫。

他們確認婚約後，彼此約定在結婚前，不要有過多的關係，就怕要是在婚前有了會被誤會是為了小孩才結婚，但白天在時空旅人發生的事，讓范以歆深感內疚，此刻如果何力揚想要也沒什麼好拒絕，因為拒絕就彷彿表示兩人可能不會一起走到盡頭，而她也想確定自己愛的人還是把自己摟在懷裡的這個男人。

范以歆在何力揚的懷裡漸漸陷入熟睡。在迷茫的狀態下，她感覺何力揚用手輕柔地撫過她微濕的髮際線，耳邊隱約聽見他輕聲說：「以歆，妳愛我嗎？」

我愛你，但我怕我不夠愛你。范以歆抱著他，在心中喃喃自語。

＊

房間冷氣定時在早上五點關閉，發出細微的機械音。室內氣溫上升，范以歆躺在床上推開棉被尋找舒服的姿勢。她喜歡週末像這樣懶懶地躺著，什麼都不做的日子。

她翻身，隨手抓住枕邊人的手臂繼續熟睡。自從去年何力揚向她求婚後兩人開始同居，她已經習慣睡覺時身旁有人，這讓她很有安全感。

「以歆，天已經亮了。」躺在她身旁的人吻了她的耳畔。

「再讓我睡一下嘛。」范以歆小聲呢喃。

「不行，今天約診的時間是早上八點，再不起來就來不及了。」

「約診？」她不記得今天有這項安排。

枕邊人伸手輕輕捏了捏她的鼻尖，吻了她的唇。

范以歆撒嬌地伸懶腰，推開對方的臉，笑著說：「什麼看診？你這樣親人，叫我怎麼呼吸啊。」

「妳睡傻了嗎？當然是去婦產科。」

范以歆聽見這回答，驚訝地睜開眼，眼前的人背對陽光朝她露出微笑。陽光過於刺眼讓她花了一些時間才看清楚眼前的人，但那人卻不是前一晚和她相擁的何力揚，而是學長邱凱翔。

「學長，你怎麼在這裡？」范以歆盯著他看，忍不住拉著棉被將自己和對方隔開。

「妳睡傻了嗎？」邱凱翔用指尖戳戳她的額頭，微笑說：「結婚兩年了，什麼時候又開始叫我學長。」

邱凱翔說著，一臉甜蜜地再次吻了她的唇。范以歆露出一臉呆愣，無從回應。

「妳怎麼了？一副像是第一次接吻的表情。」邱凱翔笑著，摟著她的腰親吻她的鎖骨。

到底發生了什麼事？范以歆輕撫邱凱翔的背，兩人的動作契合地像是自身體的記憶自然而然引發的律動。這樣的熟悉感究竟是從何而來？

她腦海突然閃過何力揚辛酸的笑臉，隨即猛地坐起身，推開學長的肩膀，堆起微笑：「不是在趕時間嗎？趕快準備吧。」

邱凱翔作罷，吻了她的肩膀下床換衣服。

房間裡的擺設和原本與何力揚同住的那間小套房完全不同，牆壁上掛著兩人的結婚照，房間整體的色調是純白色牆面搭配深褐色家具，呈現簡約的美式風格，而她與何力揚住的房間裝潢風格混搭隨性，兩地明顯是不同地方。

她呆望著眼前景象，一時之間分辨不出哪一邊是夢，哪一邊是現實？

「怎麼了？望著我發呆，剛才說要停止的人是妳吧。」邱凱翔露出迷人的笑容。

「少三八了你！」范以歆抓起枕頭扔向邱凱翔。

邱凱翔傻笑，搔搔瀏海。他的髮型和幾日前范以歆在咖啡廳裡相見時完全不同，看起來整齊俐落得多。

究竟是怎麼一回事？她不由得疑惑地雙唇微張。

邱凱翔將枕頭扔回床上，靠向她，體貼地將她拉下床，親自替她脫下衣服，換上外出服裝，並仔細地將襯衫鈕子一顆顆扣上。

范以歆羞紅臉看他，只見他微笑輕捏自己的鼻頭。這舉動就和大學時他和自己打鬧時一樣。他依舊是她認識的那個人。

「幹嘛老捏我鼻子？」范以歆笑著問，聲音帶著鼻音。

「喜歡妳，不可以嗎？」邱凱翔拿起褲子，蹲在她面前要幫她把腳套進去。這些習慣動作就像某種默契一樣，彷彿在這個世界，他們真的是夫妻，真的相處了好長一段時間。

「和我結婚，幸福嗎？」邱凱翔站起身摟著她的肩膀問。

范以歆點了點頭。腦海中一瞬閃過何力揚的聲音——「以歆，妳愛我嗎？」

她一時之間回答不出來，只是吻了邱凱翔的臉頰。

邱凱翔開車載著她前往婦產科的小診所。范以歆坐在副駕駛座，駕駛座皮椅的味道讓她有些頭暈，忍不住打開車窗。

「怎麼了，哪裡不舒服嗎？」邱凱翔轉頭問。

「只是胃有點難受。」

「果然早餐還是改成粥比較好，但妳老是喜歡吃吐司。」

「我就喜歡吃吐司邊啊。」她嘟嘴抱怨。

「吐司邊會消化不良，至少泡泡牛奶也好。」邱凱翔說著，轉動方向盤，車子彎進了公園旁的小路。

邱凱翔停好車後，范以歆習慣性地壓一下車鎖，才打開門。她知道這車門有點故障，不這麼做會打不開。

為什麼我就連這點小事都知道？范以歆困惑地搔搔頭。

兩人手牽手走進婦產科，邱凱翔貼心地讓她先坐下，自己負責掛號。

星期六早上，來看診的人不多，前一個掛號的人出來後，馬上叫號輪到她看診。邱凱翔握著她的手，一起走進診療室。

「啊，邱太太、邱先生。有一陣子沒見了。」醫生面帶微笑看著兩人。醫生是一名中年婦女，笑容相當親切和藹。

范以歆被稱作邱太太的時候，一瞬間愣住，想起和何力揚到婚紗店看婚紗時，店員曾稱她為何太太。

「來，坐下吧。」

醫生指向一旁的躺椅，范以歆聽話躺在椅子上。從以前她就不喜歡這種躺椅，不管是牙醫還是婦產科，躺在躺椅上有種莫名的不安。

邱凱翔站在她身旁握住她的手。

醫生微笑掀開范以歆的上衣，在腹部抹上油脂。

今天來這裡到底是要做什麼，難道是要檢查不孕？范以歆不安看著醫生手拿儀器在她的肚皮上滑動。冰冰涼涼的儀器讓她忍不住想笑。

「今天是很重要的一天，對吧？」醫生一邊說一邊抬頭分別看向兩人。

什麼重要的日子？范以歆轉頭看向面帶幸福微笑的邱凱翔，一臉疑惑。在這裡醫生和邱凱翔都明白今天的目的，只有她除外。

「啊，看到了、看到了。」醫生興奮地笑著。

「看到了什麼？」范以歆側頭看向螢幕。除了一團黑黑的，什麼也看不到。

「結果是什麼？」邱凱翔雙眼發光，緊握著范以歆的手問。

「是男孩呢。」醫生笑著說。

「什麼男孩？」范以歆驚慌問道。

「當然是妳肚子裡的寶寶啊。」醫生笑出聲，「媽媽老在狀況外，當爸爸的要注意喔。」

邱凱翔沒回應，只是摟著范以歆的肩膀，在她的額頭上深深一吻。

「什麼？」范以歆小聲驚叫，一臉困惑望著自己的肚子。

「三個月肚子還不算明顯，不過小孩的性別已經看得出來，很棒吧？」醫生笑著，伸手拍拍她的手臂鼓勵。

范以歆只是一臉茫然，望著超音波的畫面，說不出話。

第二章　平行時空

2-1

早晨陽光透過窗簾照入房間。范以歆聽見窗簾被拉開的聲響，不禁皺起眉頭。

「以歆，起床了。」

范以歆耳邊傳來輕柔的呼喚。她翻身想繼續睡覺，忽然間棉被被人抽開，她索性緊抱棉被不放。

「起來了，妳這個懶蟲，今天十點有約，妳忘了嗎？」枕邊人笑著，用臂彎將她鏟起摟在懷中。

「十點，去哪裡？婦產科嗎？」范以歆打呵欠，睡眼惺忪睜開眼。

「妳還沒睡醒嗎？今天要去婚禮公司啊。婦產科也太早，不就才一次而已，沒那麼快。」對方微笑，發出愉快的笑聲。

范以歆側頭看，現在摟著她的人又變回了何力揚。他對著自己笑，滿臉幸福，看起來有些傻。

「我做了奇怪的夢。」范以歆轉過身抱著何力揚，面露愧疚。

「什麼夢？」

「夢見我去婦產科，肚子裡有小孩。」她摸著肚子，現在只覺得肚子餓了。

「難道是預知夢？」何力揚微笑，輕吻她的臉頰，「小孩是男是女？」

「是男的。」范以歆低下頭回答。那不是預知夢，她並沒有和邱凱翔在一起，更不可能跟對方有孩子。這樣奇怪又真實的夢究竟是從哪裡來的？她忍不住感到疑惑。

「是男的啊。是男是女我都好，最好能生三個。」何力揚輕捏她的臉頰。

「為什麼要三個？」

「我家就我和姊姊，小時候喜歡玩三劍客的遊戲，但老是少一個人，所以就希望能有三個小孩。」

「那如果全是女孩呢？」她嘟起嘴看著何力揚。

「女生的三劍客也很帥啊。」何力揚得意一笑。

「不是三隻小豬就好。」

「妳和我生的小孩一定漂亮，不是嗎？」何力揚笑著，把她抱下床。

范以歆看著何力揚的臉，對方笑得太過幸福，讓她感到愧疚，伸手捏捏他的耳朵問：「你最近有沒有夢到什麼奇怪的夢？」

「奇怪的夢？」何力揚挑眉看她。

「例如，發現自己過著不同的人生，之類的……」范以歆心虛說著。

「妳是穿越到古代了嗎？我倒是沒夢過這種夢。」何力揚笑著，拍拍她的屁股，催促她趕快換衣服。

兩人搭捷運抵達位於信義區的婚禮公司，接待的小姐認出他們上前迎接。

「兩位早，今天是要來選婚禮蛋糕和布置吧。」

「對。」何力揚牽著范以歆的手，精神飽滿地回應，其他對新人忍不住轉頭看向他們。

范以歆想起在時空旅人拒絕他的回憶，內心滿是罪惡。和邱凱翔不同，何力揚從大學初次認識開始，就是個表裡如一的人，個性陽光、健談，社團成員不分男女都很喜歡他。而學長邱凱翔則是領導型的人物，個性慢熱，一開始讓人很難接近，但穩重、成熟的氛圍，受到眾人崇拜。

本來她喜歡的人是學長，從沒想過會和稱兄道弟的何力揚在一起，在對方向自己告白前，她從沒感覺彼此之間有什麼火花。現在回想起來依舊很不可思議。

我是怎麼喜歡上他的？范以歆轉頭看向何力揚。

「抱歉，讓你們久等了，請往二樓走。」負責兩人婚禮的顧問Sandy走出來帶領他們前往一間小會議室。

會議室裡已經準備好，在會議桌上放置了三種小蛋糕和三種熱茶。

「這是早上從飯店送來的，分別是巧克力、起司、抹茶三種。熱茶則是伯爵紅茶、伯爵奶茶、綜合水果茶。」Sandy細心介紹。

范以歆漫不經心地坐下，呆望著眼前的茶點。

「蛋糕的造型等一下有範本可以挑選，先嚐嚐看蛋糕的口感吧。抹茶最近很受歡迎，夾心是布丁和紅豆泥，不會太甜，搭配三種茶也很適合。」Sandy熱心介紹，但范以歆卻毫無反應。

「何太太？」Sandy望向盯著蛋糕發呆的范以歆。

「以歆，怎麼了？」何力揚輕拍她的肩膀，她才回過神。

「剛才說到哪裡了？」她微笑問。

「抱歉，她可能昨天沒睡好，恍神了。」何力揚捏捏未婚妻的手背，對她露出微笑。

Sandy重新說明，整段婚禮討論的時間，范以歆不斷恍神、不停反覆確認Sandy說明過的內容，三人花了一些時間，才決定好婚禮餐點。

「那麼蛋糕就決定抹茶蛋糕配水果茶吧。以歆也喜歡水果茶，對嗎？」何力揚溫柔詢問。

「嗯，就這樣吧。」她笑著回應，但神情依舊茫然。

「好，接著來選擇婚禮布置，你們的婚禮是在教堂，西式婚禮的話最近流行復古風。何太太的婚紗是米白色，以白色基底的布置會很不錯，花朵選擇上，如果擔心預算，可以以玫瑰加上其他類型的花朵點綴，白色基底的話花色就不用太擔心，紫色繡球花也是不錯的選擇。」

聽著Sandy的話，范以歆腦海突然興起一幅畫面——白色露背的婚紗、長達兩公尺的裙襬、紫色繡球捧花，前方是有著七彩彩窗的教堂教壇。邱凱翔身穿銀灰色西裝站在前頭對她微笑，伸手緊握著她的手。左右兩旁是他們的親友，社團時期的朋友都來了，唯獨何力揚缺席。

「你為什麼缺席了？」范以歆對著何力揚喃喃自語。

「怎麼了？」Sandy一臉困惑望著她。

「喔，抱歉，我又恍神了。」她搖搖頭揉著太陽穴。

「以歆，妳沒事吧？需要休息的話，可以改天再討論。」何力揚輕拍她的背。

「我沒事，玫瑰好了，不要繡球花。」她搖了搖頭，不希望最後婚禮和剛才的幻象重疊。不安之餘，她緊握何力揚的手，對方也回握了。

婚禮籌備事項討論結束後，兩人起身準備離開。

「謝謝兩位，希望能帶給你們一個永生難忘的婚禮。」Sandy站在門口敬業地行了個禮，向他們揮手道別。

他們微笑回應，手牽手緩步走向捷運站。

「以歆，妳還好吧。今天一直怪怪的，發生了什麼事嗎？」

「昨天晚上做的夢讓我沒睡飽而已。」她勉強堆起微笑。

「妳說孩子的夢嗎？」何力揚握著她的手得意一笑。

「可、可以這麼說。」

「既然時間還早，我們回學校看看，好嗎？」他說著，牽著未婚妻的手往另一條捷運線的方向走。

一路上他們沒說話，只是握著彼此的手，肩並肩坐著。到站後兩人下車，走路前往學校，沿著陸橋可以看到學校操場。一路上范以歆思緒混亂，回想著在時空旅人做過的夢，還有昨晚的夢。

「剩下的治療是回家功課，回家睡幾次覺妳就知道了。」她回想起偉恩說過的話。她不禁思考，原來他說的睡幾次覺是指夢嗎？如果我是因為治療才做了怪夢，那力揚是不是也做了什麼夢？

他們沿著學校的操場散步，學校和記憶一樣，有著一股像剛下過雨後清新的氣味。時值暑假，待在學校的學生很少，她回想過去曾經和學長兩人一起躺在操場上聊天的過往，當時兩人很要好，好到一旁的人以為他們交往了。現在回想起來，那些記憶顯得很不真實。

「離開學校好多年了，重新回來，感覺自己好像是活在不同時空的人。沒想到已經要準備結婚了。」范以歆腳步輕快往前跑了幾步，轉身看著何力揚。

「我還是大學生時也無法想像。」何力揚笑著抓抓臉頰。

「二十九歲和二十二歲，差了七年啊。我們也交往了七年。」范以歆再次轉過身背對他繼續往前走。

何力揚突然跑向前從背後摟著她的腰，將她抱在懷裡，悄聲問：「妳害怕嗎？結婚。」

「我？沒有啊，你怕嗎？」范以歆被他這麼一問，感到不知所措。

「我只擔心妳會不會還沒準備好？」他牽起她的手，親吻手背。

「我沒有，不過有點慌張，畢竟我們要走入下一個階段，我還沒適應怎麼成為何太太。」

「妳會沒事的，因為我是何先生啊。」他噗哧一笑，輕撫范以歆的臉頰，「我想知道，妳還愛我嗎？」

聽到這個問題，范以歆一愣，側頭看向他，輕聲回答：「當然愛。」

當然愛，只是我怕我愛你不夠深。她心想。

何力揚吻了她的唇，她從對方紊亂的氣息，感覺到不安。

范以歆懷疑她的未婚夫是不是跟自己一樣對結婚感到徬徨？昨晚夢裡和邱凱翔間的互動就像是現實一般，她對學長之間親密的互動真心感到歡喜，可是她也是真心喜歡何力揚，然而夢境裡的生活是真實存在的時空嗎？何力揚又為什麼會去時空旅人？何力揚和邱凱翔，她真正喜歡的是哪一人？

她努力擠出微笑，靠向前回吻他的唇，不想讓未婚夫察覺到自己的疑惑。她明白為了確定這場婚姻是否該讓它實現，自己必須做出行動。

當天晚上回家後，她隨即趁何力揚在廚房準備晚餐時躲在房間撥打電話——

「喂，請問是時空旅人嗎？我想要預約看診。」

*

下班時間，范以歆準備回家時，恰好婚禮顧問Sandy打電話給她。

「范小姐，抱歉打攪了，婚禮喜帖的樣式已經改好，寄給您和何先生，再麻煩確認是否需要修改。」

「好的，我知道了。我回家看看。」

「另外，關於寄送名單和數量還要麻煩兩位確認，希望能在下週一前提供，以便提早寄出，並向飯店確定婚宴參加人數。」

「是，我了解了，我回家再和力揚討論。」范以歆切斷通話，發現手機有一封未讀訊息。

「以歆，我今天會晚點回家。不必等我吃飯。」寄件者正是何力揚。

她很清楚未婚夫此時去了哪裡。

「他還能去哪裡呢？」范以歆喃喃自語，盯著皮包裡時空旅人的名片，輕聲嘆氣。

晚上，她等何力揚回家後，向他提起關於邀請名單的事。

「喜帖放這張照片應該不會太肉麻吧。」何力揚看著電腦螢幕笑著說。

上頭是Sandy寄給范以歆的喜帖樣本，封面是兩人接吻的婚紗照。

「當初不就是你要求要放這張閃照嗎？」范以歆嘟嘴轉頭看著他。他微笑靠向前吻了她翹高的唇。

「Sandy說名單下週一得交出去。」

「看來得分成三份名單，我的、妳的，還有我們共同的朋友。」

「不知道要不要邀請上司來。」范以歆盯著喜帖問。

「就邀吧，不邀會讓對方面子難看。」

「可是我的上司最近剛離婚，這樣不會讓他更不高興嗎？」

「記得把捧花丟給他就好了。我這邊的朋友和親戚大概要十桌。」

「這麼多？我可能只有三桌。」

「我呀，希望能讓愈多人知道我們結婚愈好，希望得到很多祝福。」他伸出手摟著她的肩。

「不過攝影社很多人好久沒聯絡，不曉得住家地址有沒有變過。更何況以前大家愛用的MSN也沒人再用了，臉書一堆人換英文名，網路聯繫也不大容易找到所有人。」

「也對，而且不知道該怎麼寄給阿凱？他大部分的時間都在國外跑吧。」

范以歆聽到學長的名字，不自覺笑容變得尷尬。

「如果不知道怎麼寄，乾脆寄Email吧。」她故作鎮靜，盯著螢幕上的喜帖回答，內心暗自心想學長見到這張照片會作何感想。

「妳還記得陳慧婷嗎？她這人很八卦，又是我們這一屆的社長，說不定可以聯絡到其他人。」

「我當然記得，她有時候會出現在網路上，記得前年才換工作，好像在萬隆那一代租套房住。」

「那就交給妳聯繫了，看她能不能提供我們其他人的資訊，如果能把攝影社的大家，學長姊和學弟妹全部集合起來就好了。」何力揚面露懷念。

「嗯。」她點點頭。實際上她並不是很想聯絡陳慧婷，因為對方是少數知道她喜歡邱凱翔的人。在大學時期，她和陳慧婷曾經很要好，所以對方自然也知道她喜歡學長，然而大學畢業出社會不久，她和陳慧婷便漸漸減少見面，不再像過去那般親密。

要是陳慧婷在她和何力揚面前提起她過去喜歡邱凱翔，或是在婚禮上和其他同學提起，是否會很尷尬？她心想。然而最大的原因是，她後來得知陳慧婷當時喜歡的人就是何力揚。

儘管擔心往事被提起，畢竟何力揚也知道她喜歡過邱凱翔，所以她還是在網路上傳訊息給陳慧婷，請她協助聯繫社團同學。晚上她準備睡覺時，查看訊息，陳慧婷已經回應她，並表示希望能和她一起吃頓晚餐敘舊。

後天下班，范以歆和陳慧婷相約在餐廳見面。她一走進餐廳，陳慧婷便熱情地朝她揮手。

「以歆，好久不見了。上次見面是三年前？」陳慧婷態度自然大方。

「抱歉，出社會工作後大家過得很忙也沒時間碰面。」范以歆一臉尷尬回應。

「沒什麼，我現在有在聯絡的人本來就不多，妳不必講得這麼客氣。我這個人就是比較雞婆，攝影社大部分的人我在網路上還有聯繫，我們不也是這樣？」陳慧婷面露微笑。

「我本來是擔心我們這麼久第一次見面，就拜託妳協助聯絡會不會臉皮太厚？」

「沒什麼，只不過發幾封訊息叫大家回傳給我。畢竟也只有我和上下屆的社員最熟了。大家在網路上應該都有耳聞妳和力揚的婚事，一定都很樂意參加婚禮。」

范以歆見陳慧婷和過去一樣熱絡地聊天，而自己先前還擔心會不會因為過去的事惹得對方不愉快，不禁為自己狹窄的心胸感到內疚。

「抱歉，我應該更早之前當面告訴妳我們要結婚的事。」

陳慧婷見她突然道歉，呆愣了半晌，慌張道：「怎麼突然道歉？當面講和網路上得知消息，對我來說根本沒什麼差別。我看到妳的訊息真的很替你們高興，很開心能像現在這樣聊天。」

「其實我在來這裡和妳見面前，一直很擔心妳會不會還因為以前我和力揚交往時，沒有向妳先說一聲感到不開心。」

「為什麼需要跟我報備？」陳慧婷露出一臉吃驚，隨後嘆了口氣，「那些事都過去了，認真說起來是我不對，當時我還太年輕，時間久了，看你們愛情長跑這麼久，我才發現當時刻意疏離妳是我的錯。」

范以歆抬起頭望著對方。

陳慧婷接著說：「我大學時真的很喜歡力揚，雖然現在回想起來也不明白原因，但他就是對誰都好，剛進大學沒有人不對新環境感到陌生，更何況像我們分別來自不同城市、離鄉背井的人，然而只有他一開始就和大家混得很熟，看到他就很安心。或許是這樣，一不小心喜歡上他。」

「這些事我還是第一次聽說。」

「那是當然。妳和力揚很像，來到台北讀書一點也不怕生，反而一副很興奮的模樣。也是因為這樣我才會和妳做朋友。」

「在我當時看來，反而以為妳才是那個適應最好的人。」范以歆想起過去，會心一笑。在過去陳慧婷一直是個開朗可愛的女孩，自己則是那個跟在她身旁有點男孩子氣的女生。

「人不能只看表面，很多時候人都是戴著面具，我其實沒妳想像得那麼外放。我們從大一入學就是好朋友了，然而除了我，妳還有一個很要好的朋友，那讓我很吃醋。」

「妳是說力揚嗎？」范以歆苦笑。

「當然，我最喜歡的朋友和我暗戀的人走得很近，我怎麼可能不難過？」陳慧婷低下頭深呼吸，「妳在大一暑假前跟我說妳喜歡阿凱學長時我真的鬆了一口氣。不禁心想：啊，原來是我誤會了，妳喜歡的人不是力揚而是學長。所以當畢業前夕知道你們開始走在一起我真的很生氣。因為我知道妳明明比較喜歡阿凱學長，然而卻和力揚在一起。」

「當時算是自然而然就這麼發展了。當力揚問我有沒有可能給他機會，我當下不曉得該怎麼反應，對我來說他只是很好的朋友，也不知道他喜歡我，我一心不想失去朋友，所以就答應了。」

「那就是喜歡了。從朋友的喜歡到戀人的喜歡。」陳慧婷肯定道。

「但是我當時確實喜歡的是阿凱學長，當阿凱學長回來時，我和力揚才正式交往沒多久，見到學長不禁懷疑自己答應和力揚交往究竟正不正確？」她低頭攪拌紅茶。

「都決定要結婚了，妳不可能說妳還喜歡學長吧。」陳慧婷笑著看她。

「我現在當然愛力揚，只不過有時候我會想如果我打從一開始沒有答應和力揚交往，現在我會怎樣。」

陳慧婷聽到范以歆的自白，不由得瞪大眼又問：「但是阿凱學長收到妳的告白信不是沒有回覆嗎？」

范以歆這才把前陣子和邱凱翔見面的事告訴她。

「我問妳，要是我當時沒和力揚在一起，妳覺得我們現在會怎麼樣？」范以歆忍不住問。

「這種事沒有發生過也無法預知，而且也無法改變。不過為什麼阿凱學長當時不告訴妳他的心意？總之，別多想，都要結婚了還在胡思亂想什麼？難道妳不想和力揚結婚嗎？」

「沒有這回事。」她緩緩搖頭。

「那妳還在猶豫什麼？好好準備當新娘吧。」陳慧婷握住她的手。

晚餐結束後，范以歆向陳慧婷道別，歸途中，她不禁回想自己說過的話。要是她沒有和何力揚在一起，或許就會像夢裡的情況，現在說不定已經和學長結婚了。

她摸著胸前懸掛的訂婚戒指，回想夢境和現實，到底哪一個才是她真正想要的生活？邱凱翔，還是何力揚？

在范以歆回家後，另一頭陳慧婷站在餐廳前拿起手機打了通電話。

「喂，我是慧婷。我和她見過面了。我想不必我說什麼，她也會動搖吧。這樣你滿意了嗎？」

她嘆了口氣結束通話。

范以歆和陳慧婷見過面後返家，內心始終無法停止思考。夜晚，她躺在何力揚的懷裡，夜深人靜，使她的思緒更加混雜。

她回想自己在餐廳裡和陳慧婷的對話，不禁對枕邊人感到內疚。我是因為喜歡他，所以才決定要結婚的，不是嗎？

然而陳慧婷說的話卻讓她很在意：「為什麼學長當時不告訴妳他的心意？」為什麼當時和學長見面卻沒問呢？她暗自心想，轉過身抱著何力揚緊閉雙眼緩緩陷入沉睡。

在睡夢中，她感覺到熱氣撫過臉頰，四周傳來細微的喧囂聲，聲音愈來愈大，眼皮外強光閃現，正當她發覺異狀時，忽然有人搖晃她的肩膀，使她嚇得猛地抬起頭。

「以歆，妳在發什麼呆？」

她聽見說話聲，轉頭一看，邱凱翔就坐在身邊。

現在我在哪裡？范以歆一臉慌張掃視周遭的景物，此時他們坐在一間熱炒店，攝影社過去的成員齊聚一堂，圍成圓桌，總共有十二個人。

「該不會是以歆哪裡不舒服吧？」陳慧婷坐在范以歆隔壁座位關心道。

「是啊，會不會是害喜不舒服？」對面一個身材渾圓的男人問。

「小康學長？你怎麼變得這麼多，以前不是瘦得像竹竿一樣嗎？」范以歆花了一些時間才認出眼前的人。

「以歆，妳在發什麼呆，剛剛大家不是才討論過了。小康他那是幸福肥，都已經是一對雙胞胎的爸了。」邱凱翔笑著拍拍范以歆的頭。

「以歆那不是害喜，只是犯傻啦。」坐在斜前方打扮美艷的女人說。范以歆認出來她是同屆的同學溫妮，對方和過去一樣依舊喜歡畫濃妝。

「我們攝影社除了蔡嘉佑和王子敏學長姊外，你們可是第二對社對。」坐在陳惠婷旁，身材瘦小的學弟阿猴說。

陳慧婷接著附和：「可惜了，沒能全員到齊。要是我們上下三屆聚集起來大概會有三、四十個人來吧。」

「不過前年阿凱和以歆的婚禮大家不是都來了？」小康說。

「但是怎麼都沒見到力揚？他那人不是很愛湊熱鬧嗎？婚禮也沒來，單身派對也一樣缺席。」阿猴問。

他話一出，陳慧婷馬上用手肘撞了他一下。

「力揚很忙，我也聯絡過他了，他說他很想來，但是沒辦法抽空過來。」邱凱翔趕忙救火。

范以歆察覺這場飯局一提起何力揚的名字，突然氣氛變得很僵。

「不過力揚那傢伙，以前不是和你們很要好嗎？怎麼重要場合上都沒出現？」溫妮問。她從過去就是個性大辣辣的人，根本沒發覺自己問了大家避諱的問題。

小康慌張拿起酒杯說：「別提了，下次力揚來罰他請客。來，喝酒，阿凱，你以後要加入我了，大家替準爸爸乾杯。」

眾人紛紛拿起酒，向上高舉。

范以歆慌慌張張拿起桌上的酒杯，下一秒就被邱凱翔攔截一口飲盡。眾人見了不禁大聲歡呼叫好。

「慧婷，妳是故意要灌我酒的吧？」邱凱翔瞥了對方一眼。

「哈哈，被發現了。以歆讓妳娶回家，我多麼捨不得。當初就是你搶走我的以歆。」陳慧婷蹙眉，伸手摟住范以歆的肩膀，「你們交往後，我和她相處的時間就縮短了，現在又把她綁回家當老婆又是生孩子的。」

范以歆微笑，沒想到在這裡她和陳慧婷竟然能和過去一樣感情依舊。難道真的是因為自己和何力揚交往後，導致她們感情決裂嗎？

「灌酒，今天不把邱凱翔灌醉就不放人。」幾個人開始起鬨。

「別灌了，這樣他明天又會睡得不醒人事。」范以歆起身擋酒，在夢裡她就是邱凱翔的妻子，不自覺做了自己意想不到的舉動。

「好啦，再喝一杯，計程車錢我們出啊。」阿猴繼續催酒。

「真拿你們沒辦法，這是最後一杯。我還得負起責任把以歆安全帶回家。」邱凱翔說著把杯裡的酒灌下肚。

幾個人見他話說得肉麻不禁發出驚呼，整間餐廳幾乎都是他們的聲音，使范以歆很害臊。

「要不灌酒可以，你們現場親一下就放人。」小康也開始鼓譟，顯然是喝醉了。

邱凱翔笑著聳肩，摟著范以歆的肩膀，雙唇輕輕一啄滿足在場所有人。

「阿猴和慧婷不是現在都沒伴嗎？要不就在一起嘛。」溫妮說。

「哎呀，別亂說，阿猴在科技公司上班，可夯得很呢。」陳慧婷化解尷尬，幾個人笑著閒聊往事，在笑鬧中結束了這次的聚會。

聚會結束，一群人在餐廳外等負責收錢結帳的小康。陳慧婷趁空檔拉著范以歆偷偷向她問：

「力揚真的一直沒跟妳聯絡嗎？」

「啊？對。」范以歆其實根本不清楚這裡的世界發生了什麼事，只是隨口回應。

陳慧婷嘆了口氣。自從剛才被慫恿湊對，她就面露垂頭喪氣的臉。

「怎麼了？」范以歆關心道，拍拍對方的肩膀。

「沒什麼，我只是在想說不定力揚是因為不想見我才沒出現。」

「為什麼？」

「妳和阿凱學長交往後，我向力揚告白了。」陳慧婷低聲說，「我從大一就喜歡他很久了。」

范以歆眨了眨眼睛，不曉得該如何回應。畢竟她在現實生活裡早就耳聞陳慧婷喜歡何力揚的事。

「妳怎麼一點也不驚訝？」陳慧婷狐疑地望著她問。

「我當然驚訝，只是不知道該怎麼反應。」

「我那時不應該這麼衝動的，我以為妳死會了，力揚可能就會選擇我，但是沒有，他從大一的時候就只有妳一個紅粉知己。」

「沒有這回事。他跟大家都很好。」

「那是妳神經太大條。力揚確實朋友很多，女性朋友也不少，可是如果問起他最好的女生朋友答案都只會有妳。」陳慧婷嘆氣。

范以歆露出一臉像是做錯事的表情。

「我沒有怪妳啦，他喜歡誰也不是我能控制的。我現在對他的感情早就淡了，雖然我以前確實很忌妒妳。他消失這些日子，我真的很後悔當初我為什麼要告白。」

范以歆搖頭：「我想他不會是這種人。妳向他告白時，他一定也很開心。他個性很傻，又怎麼會因為這點小事不願意出席。」

她說了，以她在現實生活中認識的何力揚做基準來回答。她知道他不會是因為拒絕他人告白就消失的人。但在這裡她的確拒絕了何力揚的告白，說不定他缺席真正的原因是因為自己，想到此不禁心感不安。

「以歆，我們回家囉。」邱凱翔站在前頭對她揮揮手。

大夥兒分散四方，彼此道別後散場。

邱凱翔和范以歆搭上計程車返家，路上邱凱翔牽著她的手問：「力揚沒來妳會覺得寂寞嗎？」

「嗯？」她茫然望著對方。

「我沒有吃醋的意思，只不過妳和他感情很好，所以我想妳會不會覺得他沒出現很可惜。」

「對，感覺好像很久沒看到他了。」她說著突然思念起現實生活的未婚夫。

「他現在在新加坡工作，要回來很難吧。」

「新加坡？」范以歆驚訝地複誦邱凱翔的話。

「妳忘記了嗎？」邱凱翔側頭看她。

「喔，對，我想起來有這件事。」范以歆假裝知情，內心同時鬆了一口氣。原來何力揚不是不想見自己，而是因為工作繁忙。

「本來婚禮我是找他當伴郎，他也答應了，但最後卻臨時說有事無法出席，所以才換了阿猴上場。」

「所以你和力揚一直有在聯絡嗎？」范以歆問。

「當然。他很少上社群網站，什麼臉書、LINE的他都不太常用，所以我只有他的Email。」

「嗯。」范以歆點頭，卻不敢說想要對方的信箱地址。

「妳要的話，我可以給妳。」邱凱翔像是讀出她的心思，輕輕吻了她的額頭，「我也希望我們三人能像過去一樣，但是似乎很困難……」

他最後一句話說得很輕，又輕又柔，讓范以歆不確定自己聽見了什麼，她意識模糊，靠在丈夫的肩上睡著了。

2-2

早上鬧鐘聲響了，范以歆卻還在睡，絲毫不受影響。

「以歆，起床了。不是說今天公司有會議，必須早點上班嗎？」何力揚拍拍她的肩膀。

「嗯？我們到家了？」范以歆還沒搞清楚現況，以為自己還在夢裡和邱凱翔在一起。

「快起床了，我騎機車載妳。」何力揚伸手將她從棉被裡拖出來。

范以歆睜開眼看清楚眼前的人是誰，一臉茫然問：「你會想去新加坡嗎？」

「什麼新加坡？還沒睡醒嗎？」何力揚笑著捏了她的臉頰。

范以歆回過神走下床更衣，望著未婚夫的背影想起夢中和邱凱翔在一起的時光，罪惡感湧現的同時又感到一絲不捨。在夢裡見不到何力揚，此刻醒來能見到他使她安心不少。

「怎麼了？為什麼一直盯著我看？」何力揚笑出聲。

「沒什麼，只是想看看你。」她笑著回答。

她望著何力揚，心想如果我也因為偉恩的診療而做了奇怪的夢，那力揚呢？他又做了什麼夢？

范以歆下午只上了兩個小時的班便請假出發前往時空旅人。

當她走進診所時，櫃台前的護理師露出別有意味的微笑。畢竟她先前對這裡這麼反感，然而沒隔幾天卻又來了。

她低著頭走向櫃台。

「范小姐嗎？請在這裡簽名。」護理師拿出名冊。

范以歆緩慢簽名，為了想偷看名冊上是不是有何力揚的名字。

「好了，複診費七百五。」護理師猜到她的動機，迅速把名冊蓋上。

走進診療室，一股濃濃的茶香傳來。范以歆心想上次也是喝了茶不小心就被催眠了，難道那茶有特殊的藥效？

「范小姐，很高興又看到妳出現。最近睡得好嗎？」偉恩看著她，露出微笑。

「不好，糟透了。」范以歆瞪著他，面露責備。

「先坐下吧，可以跟我聊聊妳的夢嗎？」

「我可是被你害慘了。」她嘆了口氣，還是乖乖坐下，「一下子老公換了人，而且竟然還有小孩。真是亂七八糟的夢。」

「亂七八糟嗎？妳說的老公換成誰了？」偉恩翻看紀錄，「是那位姓邱的學長嗎？」

「嗯。」她點點頭，露出一臉愧疚。

「別露出那種表情。那只是夢，只是妳人生的另一種可能，實際上妳並沒有背叛妳的未婚夫。」偉恩得意一笑。

「但精神上出軌，不算是背叛嗎？」范以歆瞇細眼睛質問。

「夢只是治療流程的一環，做夢本來就不能自己選擇。這種治療是利用人的潛意識，挖掘出妳在人生某個重要時間點的回憶，替妳增加新的可能性，推測出另一個人生境遇。也就是說，妳做的夢只是大腦的推測，不算出軌。」偉恩微笑，表情輕鬆自在。范以歆看他這樣的表情，內心有些氣憤。

「那是你說的，我只是一般人，沒辦法那麼理智判斷。因為那些夢，我最近老是覺得對不起力揚。」

「妳只是和他一樣接受催眠治療，做了跟他一樣的事。」

范以歆聽到他這麼說，趕緊追問：「所以他來這裡之後都做了什麼夢？他去了新加坡嗎？」

偉恩笑了笑聳肩：「這是我跟他之間的祕密，不能告訴妳。」

「啊。」范以歆突然站起身，「你該不會告訴力揚我來這裡就診的事吧？」

「沒有，妳希望我說嗎？」偉恩試探般地挑眉。

「千萬不要！」她用力搖頭。

偉恩看她反應這麼激動，不禁微笑：「和妳一樣反應的人多得是。如果妳忌諱自己做的另一個選擇，而在夢裡無法順從妳的新選擇，那麼便失去治療的意義。我這裡就是希望能讓每個來就診的人，重新思考自己的人生。人生不能重來，但是可以改變。」

「什麼改變？我愛力揚，你難道認為我會後悔嗎？」范以歆反問。

偉恩面露冷靜直視著她：「那麼妳這次來是為了什麼？不是為了釐清自己的心意嗎？」

范以歆坐下說道：「我……現在知道另一種可能究竟要做什麼？已經過了七年，學長和我，我們大家都不是過去的自己了。我現在身邊也有另一個人，就算當時的決定讓我感到猶豫，但那不能否決我和力揚七年來的感情，那段時間我也是很認真、真心愛著他。」

「妳知道當妳不停說著自己多麼愛力揚時，我只感覺到妳很茫然。妳曉得人如果不斷重複一件事，就是為了增加自己的自信和肯定嗎？那是妳對自己自我催眠。」偉恩傾身向前，表情認真望著她。

「我……」范以歆說不出話反駁。

「妳愛他嗎？」

「我不知道，在夢裡面我感覺我和他真的很幸福。」

「妳現在說的人是何力揚，還是邱凱翔呢？」

「你是故意給我出陷阱題嗎？」范以歆蹙眉問。

「我的問題很簡單，只是想明白妳現在的自我認知。」偉恩笑容神祕。

「學心理的人真的很可怕。」

「我靠這行吃飯的。」偉恩微笑。護理師輕敲門端了熱茶出來，使診療室的茶香顯得更濃烈。

「喝杯茶，好好和我聊聊妳的困惑。你們不久就要結婚了，對吧？我的任務就是讓妳確定自己的心意。」

范以歆點頭，喝了口茶冷靜情緒。

「說說看，妳為什麼對那些夢感到有罪惡感？」

「罪惡感……雖然說那些都只是夢，但我就要結婚了怎麼可以想別的男人？」

「那妳有沒有想過夢境裡的何力揚會不會過得比現在更好？當然這個問題沒有正確答案，幸福不是一種實質可以測量的東西。妳在另一個世界做出不同抉擇，其他人也會因為妳這個改變而有不同的人生發展，妳一定也注意到其他人在夢裡發生的變化了吧。學長呢？他是不是也因為妳的改變，而得到不一樣、甚至更理想的生活？而妳和學長在一起時，沒感覺到幸福嗎？」

「學長一直很溫柔，就連在夢裡也一樣，跟他在一起的人一定很幸福。」

「那妳呢？」偉恩微笑問她。

她低頭不回應。

「既然無法得出答案，那麼就讓夢來告訴妳。妳想知道什麼？」

「想知道什麼？」范以歆喃喃複誦，「在夢裡我和學長很幸福，慧婷和我也還是朋友。可是力揚卻消失了。在我拒絕他的告白後，我和他到底發生了什麼事？」

「那麼去問問看他如何？妳覺得哪裡出了問題呢？」偉恩的聲音十分溫柔。在茶香和柔和的聲音中，范以歆意識變得慵懶，漸漸墜入夢境——

「以歆，我已經在妳家樓下了，聽到我的聲音了嗎？喂！」范以歆耳邊傳來陳慧婷的聲音。

她猛地睜開眼，手上的手機差點滑下來。

「咦？」她發出驚呼，看向手中的手機，發覺自己拿著七年前的貝殼手機，在那時代還不流行智慧手機。這使她瞬間明白自己回到了過去。

「妳又在打瞌睡了嗎？最近怎麼老是犯傻啊？」陳慧婷嘆氣。

「啊，可能是我昨天沒睡飽，剛才說到哪裡了？」她慌張找理由呼應。

「妳一定是因為阿凱學長要回來了，興奮睡不著覺，對吧？」

「阿凱學長要回來了？」

「對呀，今天下午抵達，我們不是說好要去接機嗎？小康學長有車，要載我們去。」

「喔，對，我馬上下樓。」范以歆結束通話，起身後照了一下鏡子，發現自己已經換好衣服，連妝也畫好了。

「總覺得哪裡有些奇怪。」范以歆喃喃自語走下樓，樓下小康的車停在巷口，而陳慧婷正對她招手。她馬上想起過去此時的狀況，當時是何力揚騎機車載她去機場見邱凱翔。

「以歆，妳好慢喔。」小康盯著她的妝露出別有意味的笑容。這時候的小康還是瘦子，和之前夢裡所見不同。

「抱歉讓你們久等了。」范以歆忽視小康的表情，打開車門上車。

陳慧婷和小康隨後進入車內。

「力揚人呢？」范以歆問。

「那傢伙剛才打電話跟我說他不來了。」陳慧婷露出失望的表情。范以歆望著她的臉心想自己是不是從未注意過友人的心情，所以沒注意到好友喜歡何力揚。

「怎麼可能？小康學長，麻煩你再去一趟力揚家，我會負責把他拖出來。」

小康聽了轉頭瞥了范以歆一眼，嘆氣點頭，將車轉頭往何力揚家前進。車子在他家騎樓下停下。

「以歆，這裡不能停太久，妳盡快把他拖下來。」小康轉頭看她。

「妳一定要把他拖下樓，那傢伙最近消失好久。」陳慧婷吩咐。

范以歆向兩人點頭後迅速下車往何力揚家前進。這裡她很熟悉，因為畢業後她數次進出過他家。她走上樓抵達三樓，伸手按了門鈴，等了許久一直沒人應門，她不放棄一直按。

「我說過我不去了。」何力揚打開門，發現眼前站的人是范以歆不禁愣住。

「為什麼不去？你閒在家裡，有什麼原因不出門？」范以歆見他雙眼黑眼圈，一臉憔悴的模樣心中很不捨。

「我是因為……」何力揚盯著她說不出話。

「好了，大家都在等你，趕快換件衣服出門。」范以歆走進房內，相當熟悉這裡的布局，馬上幫對方挑好衣服。

「妳要在這裡看我換？」何力揚盯著她的臉問。

范以歆瞬間雙頰漲紅，她忘記在夢裡的世界，他們並沒有交往，趕緊轉過身。待何力揚換好衣服後，她回過頭，發現對方站得離自己很近。

「我一定得去接機嗎？」他問。

「你為什麼不想去？」她握住他的手，「你是我很重要、很重要的朋友，對阿凱學長來說也是。和我一起去好嗎？」

「但我累了，不想去。」他別過頭。

「小康學長開車啊，你只需要坐著就好。跟我走，好嗎？」

何力揚敵不過她，只能勉強點頭答應。

兩人下樓後，小康和陳慧婷看到他露出愉快的微笑。

「何大帥，你真是大牌，還要我們當家妹子三催四請才肯下樓啊。」陳慧婷頭探出車窗外。范以歆注意到她已經移動位子坐在副駕駛座，莫非是考慮到何力揚和自己。

何力揚露出一臉尷尬和范以歆一起坐在後座。

「力揚，你有好好吃飯吧？看起來好像又瘦了。」小康透過後照鏡望著對方問。

「最近胃不大好。」他苦笑，聽起來就是隨口敷衍。

范以歆轉頭看向他，發覺他真的瘦了，本來健康的身材看起來扁了一圈，不禁面露擔憂。

「別擔心我。」何力揚和她目光交會，伸手彈了她的額頭。

希望真的只是我多心了。范以歆望著他微笑。

一路上都是小康和陳慧婷的聲音，兩人討論著工作上遇到的事，不久便抵達桃園機場。

「真好，阿凱學長到澳洲過了一年，我也好想飛去國外。」陳慧婷說著，四人一齊走到接機的大廳。各國旅客自機場內走出來，他們不停張望，只見邱凱翔推著黑色行李箱走向他們。

「學長，你看起來好像曬黑了！」陳慧婷發出第一聲驚呼。

「我看是變壯了。」小康迎上前幫忙拉行李。

「沒想到你們會來接機。」邱凱翔依序看著四人，最後目光停留在范以歆身上，她見了不禁雙頰發燙。

「阿凱學長三八什麼，你回國大家都很高興呀。」陳慧婷說著手一推將范以歆推向邱凱翔，邱凱翔趕緊抱住她。

「陳慧婷，妳搞什麼啦！」范以歆整個人臉頰發紅，趕緊跳開並轉身大罵。

「接風總是要送大禮啊。」陳慧婷嘿嘿一笑。

「這麼豪華的大禮，我可以收下嗎？」邱凱翔微笑，眼角卻不時注意何力揚的表情。而何力揚站在距離大家一步遙的位置，低頭不語。

五人往停車場走去，范以歆因為剛才陳慧婷的惡作劇，不敢走在邱凱翔身旁，快步跟著小康走。而陳慧婷也跟在兩人身邊，只有何力揚和邱凱翔落在後頭，不曉得在談什麼。

「接風派對該在哪裡進行呢？不過成員只有我們五人，大型派對下次再約。」小康將邱凱翔的行李箱收進後車廂後問。

「我才剛回國，可能得先回家一趟。」邱凱翔說。

「你家住台北，早回晚回沒差別，我們派對結束後會把你安安全全送回家。」陳慧婷附和。

「放心啦，不然先送你的行李回家，跟你家人知會一聲再來吃飯。」小康說。

「難得大家特地來接你，好歹也要一起吃頓飯嘛！」范以歆拍了他的肩，「而且何先生最近瘦了，順便逼他吃點健康的東西吧。」

邱凱翔瞥向何力揚露出微笑。

「那麼接風派對就決定了。我提議到學校後山，那裡也好停車，最近有新開一家自助式吃到飽的烤肉店，要不要就去那裡？」小康說完後先是載邱凱翔回家一趟，隨即五人便前往位於台北南邊的母校。

一路上，范以歆不曉得為什麼自己是坐在何力揚和邱凱翔的中間，每當車子一轉彎，她就得小心不要倒向旁邊。當她彎向何力揚那方時，對方似乎刻意靠著窗邊坐，而邱凱翔則是在她傾向自己時會主動按住她的肩膀。

我應該沒有被他討厭了吧？范以歆偷瞄著何力揚的側臉心想。

五人吃完飯後走出餐廳時，天色已黑。

「一回來就吃吃到飽，快把肚子撐破了。」邱凱翔笑著拍拍肚子。

「你不是吃得很開心嗎？」小康笑著輕推他的肩。

「你回來大家都很高興，歡迎你回來呀。我還有事，先回去了。」何力揚揮揮手轉身離去。

「你沒車要怎麼回去啊？」范以歆面露不安，向著他的背影問。

「搭公車。」何力揚拋下這一句話便離開。

「小康學長，我們家是同路吧。麻煩你了。」陳慧婷搭著小康的肩，轉頭看向范以歆眨眼示意。

那是什麼意思？范以歆盯著他們的背影，才突然發覺只剩她和邱凱翔被留下來。轉頭看時，邱凱翔正盯著她笑。

「我吃得有點撐，一起到學校裡散步，好嗎？」邱凱翔問，還沒等她回答便隨即牽起她的手。

范以歆吃了一驚，心跳加快，不知道該如何反應，只是任由對方牽著走。

力揚和小康學長他們都是為了我們才刻意提前離開吧。力揚……范以歆想起吃飯時，對方一直不太說話，現在顧及她和學長刻意保留空間讓他們獨處，心裡感到內疚。

這裡只是夢而已，不影響現實。她在心裡喃喃自語，抬頭看向邱凱翔，這一切都是夢，不曾發生過。然而學長就近在眼前，當時學長突然說要去澳洲，離開了一年，她非常想他，如今他就在自己的面前，手還可以感覺到對方的體溫，真實得不像夢。

如果這裡才是現實呢？范以歆忽然興起這樣的疑惑。

「以歆，怎麼了嗎？一直盯著我看。」邱凱翔在她陷入思考時開口，讓她嚇了一跳。

邱凱翔見她露出誇張好笑的臉，不禁伸手捏了她鼻子。

「幹嘛老捏我鼻子？」

「我捏妳鼻子是為了把妳拉回現實，不然妳老是發呆。」

范以歆盯著他的臉不由得雙頰發紅。邱凱翔微笑鬆開她的鼻子，繼續牽著她的手前進。

夜晚學校人很少，從後門沿著山坡向上走，經過通往校舍的長階梯，走在木造的長廊，有種重返學生時代的氣氛。

「這裡挺令人懷念的，對吧？」邱凱翔深吸了一口氣。

「以前我們經常這樣散步，兩個人或是三個人。」范以歆想起何力揚，內心總不大自在。

「但現在只有我們兩人。」邱凱翔微笑。

他們走到坡道頂端，開始往下走。他突然開口：「剛開始要決定去澳洲時，其實我很猶豫。」

「為什麼？」

「因為這樣必須和你們分開，我怕和大家之間會有斷層。我其實是個慢熟、慢熱的人，能在社團遇到你們我很滿足。今天又見到你們，你們還是和過去一樣，讓我很放心。」邱凱翔向她表明內心的想法，話中帶著輕微的笑意。

「有什麼好擔心的？大家都很期待你回來。」范以歆輕捏他的手指。

「妳也是嗎？」

「那是當然，有誰不希望你回來嗎？」

邱凱翔輕聲一笑沒回答。

「那麼最後學長為什麼又決定去澳洲一年？」

「這是祕密。」邱凱翔抬頭望向夜空。

「祕密？」

邱凱翔沒回應，反而突然停下腳步，轉過頭捧著她的臉：「時間和距離可能會改變人與人之間的情感，一年不算長，也不算短。現在我從澳洲跨過七千公里的距離，重新站在這裡，就像過去一樣，而我的心情從未改變。那麼妳呢？」

他的手很燙，而她也覺得自己的臉因為他的視線快燒起來了。

「你的心情是指什麼？」她望著他的眼睛，說不出話。

「我收到了妳的信，真的很高興。我大了你們一屆，力揚和妳相處四年的時間，而我只有三年，一年的差距讓我很擔心。」

「那你為什麼最後還是出國了？」范以歆忍不住任性問道。她曾想過，如果他們三人有著共同的時間，度過一樣的時光，也許她就能更明白自己的心意。

「不管我有沒有出國，我們的時間還是無法同步，畢竟我是學長，還是會提前畢業。」他笑著聳肩，「澳洲這一趟算是給我自己的考驗，我去了一趟回來，最想見到的人是妳。我和離去前相比不一樣了，我回來發現自己比過去更喜歡妳。」

不一樣。為什麼夢裡的情況和過去完全不同？阿凱學長當年回來從沒告訴我這些話。我只不過是拒絕了力揚，為什麼會連阿凱學長也一併改變了？

「妳也一樣喜歡我嗎？」邱凱翔深情地望著她。她呆愣著說不出話。

在她猶豫時，偉恩的聲音傳入腦海：「不要被現實生活影響。過去的妳會怎麼回答，自己最清楚。如果妳回答了違心的答案，這個時空就會被消滅掉。」

她回過神認真望著邱凱翔的臉，明白過去的自己會回應什麼，答案再簡單不過了。

「我也喜歡學長，非常、非常喜歡。」范以歆話才剛出口，邱凱翔已經靠向前吻了她的唇。

她緊張地閉上眼睛，閉氣不敢呼吸。邱凱翔的氣息傳進嘴裡，嘴唇又柔又軟，這真的只是夢嗎？

邱凱翔站挺身望著她微笑：「我如果再繼續吻妳，就怕妳會不敢呼吸而窒息。」

「你是在取笑我嗎？」她蹙眉。

「在澳洲的時候，我好幾次想飛回來，但還是忍住了。」他抱住她在耳邊說，「妳願意和我在一起嗎？」

「你不是問過我喜、喜不喜歡你了嗎？」范以歆緊張地望著他。

「喜歡和願意交往並不是相同的意思，妳願意跟我交往嗎？」邱凱翔盯著她看，她無法拒絕，望著地面點了點頭。

「太好了，一回來可以看到妳，還有什麼比這更好的事。」邱凱翔緊抱住她，她一瞬間雙腳離地，被他摟在懷裡。

「這麼高興？」范以歆望著他，面露困惑，同時懷疑自己為什麼答應對方了？她在現實世界和何力揚還有婚約，這樣豈不是等於劈腿了？

「我當然高興，因為我一直很喜歡妳。」

如果邱凱翔真的這麼喜歡自己，那麼為什麼當初沒有回應那封告白信？過去邱凱翔回來時，她和何力揚才剛開始交往，他在澳洲生活時還不清楚這件事，還是可以回覆，不是嗎？她不由得自私地想著。

「學長……」當她正想問時，邱凱翔將她放下，再次靠向前親吻她，這次的吻比第一次還要深。

「阿凱學長……」范以歆睜開眼，此時她已經回到偉恩的診療室。

「這次做了什麼樣的夢？」偉恩看著她，露出別有意味的微笑。

「我為什麼要告訴你？」她紅著臉，心臟仍狂跳不止，側身一翻隨即起身，敲敲肩膀掩飾自己的表情。

「我是醫生，當然要知道妳的狀況呀。」

「只是改變一個選擇，為什麼後來的發展完全不同了？」范以歆盯著自己的腳邊。

「妳改變決定，別人也會受妳影響，進而影響其他人，這個道理很簡單吧。」他輕聲嘆息，「這次的夢，妳有什麼感覺？」

「雖然知道那是夢，但它好像彌補了我過去的一些遺憾，可是也增加了新的不安。」范以歆回想著邱凱翔和何力揚，表情複雜。

「別多想了，妳現在回到現實生活，夢裡的事情已經不會發生。邱凱翔和妳的世界變成兩條平行線，這情況不會改變，除非妳希望改變。」偉恩靠向前，輕拍她的肩膀。他的話彷彿在暗示什麼。

范以歆盯著對方那張好看的臉，不禁心想他一定是利用這張臉吸引不少名女性顧客，然而內心卻因對方的問題感到混亂。我想要改變嗎？她心想。

「好了，別再盯著我看，天黑了趕快回家抱抱妳的未婚夫吧。」偉恩笑著說，「我開一些藥給妳，免得妳因為後續的夢沒能睡好。趁這次治療，好好了解夢裡的自己和那兩個男人吧。」

范以歆點頭，緩步走出診療室。

偉恩待在診療室裡，護理師走向他將茶杯收走。

「後面還有幾個病患在等？」偉恩問。

「還有三個。」

「給我十分鐘，我打通電話再讓人進來。」偉恩拿出手機翻開電話簿，電話響了幾聲才撥通。

「喂？我是偉恩。」

「我當然知道你是誰。」電話那頭的人打了個呵欠。

「你在睡覺？」

「我這裡是晚上，當然還在睡。」

「你什麼時候回台灣？有空見一下面吧。」偉恩翻開桌上的診療名冊，在名冊的最前面，一頁泛黃、字跡模糊的紀錄上，寫著他第一位病患的名字：邱凱翔。

結束通話後，偉恩望著手機螢幕喃喃自語：「每個人都曾經有過後悔的決定，我也一樣。」

2-3

范以歆離開時空旅人，匆匆忙忙趕回家，一踏進家門，見到何力揚正好剛回家，站在臥室裡換去身上的西裝。她走向前，從背後抱住他。

「怎麼了？今天這麼愛撒嬌？」何力揚吃了一驚，轉身捧著她的臉頰。范以歆很少撒嬌，突如其來的舉動使他感到詫異又新奇。

「只是突然很想見你。」她緊抱著他，現實生活的他身材壯碩多了，不像夢裡那副營養不良的模樣。

「我想起以前剛進大學妳總是一副小男生的個性，和現在很不一樣，變得溫柔可愛得多了。」

「所以你在嫌棄過去的我嗎？」范以歆不由得蹙眉。

「怎麼會，每一種妳我都很喜歡。」何力揚輕捏她的臉頰，「我就是喜歡過去那樣和妳打打鬧鬧的日子，但現在更喜歡妳向我撒嬌。」

「你從什麼時候開始喜歡我的？」范以歆抬眼盯著他的眼睛。

「我不記得了，但是當妳告訴我，妳喜歡阿凱時，我才發覺自己其實喜歡妳。」

「那時候聽到我喜歡阿凱學長，你是什麼感覺？」她想知道，但同時卻又覺得自己這麼問很差勁。

「大概像是沉進湖底一般。」他摸著她的臉頰，神情寂寞，就和夢裡一樣。

「你當初告白就不怕我拒絕你嗎？」她把臉埋進他胸前。

「當然怕，但妳最後答應了，不是嗎？」何力揚掀開她的瀏海，彎腰親吻額頭。

「如果我當初拒絕你，你會怎麼做？」

「這件事並沒有發生，為什麼這麼問？」他神情變得不安。

「當我沒說吧。」范以歆抱住他的脖子，主動吻了他的唇，輕搔他後腦勺的短髮後，轉身換下外出服。

何力揚一臉呆愣盯著她看，在他的印象中，未婚妻向來不是這麼主動的人，不禁露出若有所思的表情。

范以歆深呼吸，擺出平常自然的表情。她利用剛才的吻試圖洗去在夢境裡和邱凱翔之間親吻的觸感。那感覺太過真實，使她的心騷亂不已，一直無法平靜。

或許另一個時空的我真得很愛阿凱學長，但在這個時空，我已經累積了太多對你的愛，已經捨不得放開你。我最愛的人只有你。范以歆在心中對著何力揚喃喃自語，同時試圖說服自己。

＊

星期天下午，范以歆住在桃園的母親突然來訪，她的父母很早就知道兩人同居的事，既然已經決定結婚，所以當時也沒有反對，但出其不意地造訪還是嚇到兩人。

當門鈴聲響起時，范以歆打開門看到母親不禁面露困惑，睜大眼問：「媽，妳怎麼突然來了？」

何力揚看到未來的丈母娘出現慌張收拾客廳。

「我來當然是剛好北上拜訪朋友，想說來見見你們，看婚禮籌備得如何。」母親走進家中，環視一圈，對何力揚露出微笑。

「是，媽來我們都很歡迎。」何力揚用高了兩個音階的聲音回答。他不常見到范以歆的母親，多少還是會緊張。

「媽這個詞叫得真親熱，多叫幾聲給媽聽聽。」母親面露得意。

何力揚一臉青澀叫了幾聲媽，不忘趕緊伺候丈母娘坐下休息。范以歆站在一旁看著未婚夫一臉害臊地稱呼自己的母親為媽，不禁覺得好笑又可愛。

范以歆見母親一臉欲言又止的表情，直盯著何力揚看，忍不住劈頭問：「媽，妳就直說了，妳來肯定是有什麼事吧？不然才不會這麼無預警地出現。」

「這麼說妳媽真是過分，我只是想看看我未來的兒子。」

「又不是第一次嫁女兒，不是有姊夫了嗎？」范以歆坐在何力揚身旁，露出一臉警戒的表情。

「那不一樣，妳姊是先有後婚。哪像力揚這麼乖，先來拜訪過岳父岳母。」母親微笑輕拍何力揚的手。

何力揚身體瞬間僵硬，想起他們幾天前相擁入眠的事，不禁作賊心虛。

「姊夫和姊本來就是抱持時間到就結婚的態度，有沒有小孩才不會影響他們結婚。」范以歆反駁，但一瞬間突然想起夢裡和邱凱翔肚裡的小孩，難道在另一個世界兩人是先有後婚嗎？

「也對，當然妳姊姊有小孩自然是值得高興的事，現在也順利準備迎接老二。總比那些生不了小孩的人幸福，像媽昨天遇到鄰居家的太太，她說她女兒結婚了三年一直沒小孩，也不知道是女方的問題，還是女婿不爭氣。」她母親說著目光不經意飄向何力揚。

「媽！」范以歆緊抱住何力揚的手臂，面露羞赧，「妳剛才才說先有後婚不好，現在又說怕生不出小孩，不是前後矛盾嗎？難道要因為檢查結果決定要不要結婚？不管怎樣我都已經決定要嫁給他了啊。」

何力揚聽見未婚妻這麼說，轉頭看向她，握住她的手。

「我當然知道，你們交往很久了，而且本來就是好朋友，不過為了將來兩人的幸福，還是檢查比較好。更何況力揚家只有姊姊跟你對吧？家人也會期待媳婦生兒子，或是女兒也好。我也覺得女人真正的幸福應該要成為母親，媽是過來人，妳以後也會明白。」她母親說著從皮包裡拿出一張醫院的宣傳單，上頭寫了各種檢查，包含血液、傳染病、各種器官機能的檢驗，自然也少不了男女生殖相關的檢驗。

范以歆看著上面的檢查項目不禁脖子發燙，但坐在她身旁的何力揚似乎更緊張。

「好，或許檢查一下比較妥當。如果這樣可以讓媽安心的話，我願意接受檢查。」何力揚率先表示同意。

「等一下。」范以歆面露不情願，「檢查這個真的這麼重要嗎？爸媽以前不也是直接結婚，哪有檢查這種東西？」

「我們過去才沒有這麼好的醫療技術，當然沒在檢查，而且現在人生活壓力大，科技發達對身體也有各種影響，檢查一下比較保險呀。」

「可是……」范以歆皺眉，面露不悅。

「以歆，就聽媽的話吧。我仔細想想檢查一下也好，要是我有問題，或是什麼其他的狀況，也許提前讓妳知道也好。」何力揚拍拍她的手背。

「當然媽也沒這麼壞，又不是一發現問題就不讓你們結婚，只是有些潛在無法預知的事希望能提前了解。妳不必抱力揚抱得那麼緊，媽又沒有要跟妳搶。」母親噗哧一笑，看著范以歆緊抱著何力揚的模樣。

「唉呦，隨便你們了啦。你們都想要檢查就檢查啊。」范以歆鬆開未婚夫的手，蹙眉面露不滿。

「好，就等妳這句話，媽幫你們預約，就這間醫院，人家都說服務好，而且離你們家也近，就這樣吧。」

她母親沒逗留多久就回去了，留下范以歆生悶氣盯著未婚夫看。

「以歆，妳不高興了？」何力揚還不理解對方為何生氣。

「我有什麼好不高興的？」她就是嘴硬，生氣從不承認。

何力揚硬是摟住她的腰抱在懷裡：「妳說嘛，怎麼突然不開心了？」

范以歆嘟嘴喃喃低語，還是不願意回答。何力揚搔搔她的腰，逼她就犯，她這才勉強告訴他理由。

「你剛才說了，要是你有問題就不結婚了，對吧？」她仰頭看他。

「我沒有說不娶妳，不管妳的檢查結果如何，健不健康、能不能生小孩，這些是愛情的附帶條件，要是對方生病就該負起責任照顧，孩子也只是額外的事，無關愛情。」何力揚俯下頭看她。

范以歆伸長雙臂，摟著他的脖子，搖搖頭：「你剛才說什麼要是你有問題，應該要讓我提前知道。好像要是你有問題，這個婚就不結了一樣。」

她眼神瞥向一旁的桌面避開對方的目光。

何力揚低下身，用臉頰磨蹭她的臉，低聲說：「抱歉，我沒有想害妳難過的意思。我只是希望一切都很完美，至少妳的未來可以毫無缺憾。因為我就是這麼喜歡妳。」

「你真是傻瓜。」范以歆吻著他的髮鬢。

「剛才妳向媽宣示無論如何都要當我的新娘，我真的很感動。」他的唇輕輕劃過范以歆的耳邊，輕聲細語，「我真的最喜歡、最喜歡妳了。」

她緊抱著他，然而同樣的話卻哽在喉嚨，怎麼也吐不出口。

晚上，范以歆睡前吃了偉恩開的藥，她偷偷將藥用別的袋子裝起來，免得被何力揚發現。她偷瞄躺在床上的未婚夫，心想他是不是也拿到了一樣的藥？

她吃完藥，爬上床緊挨著何力揚。

「妳最近好像很喜歡撒嬌，像貓一樣。」他笑著，用指尖梳著她的頭髮。

「貓不是很獨來獨往嗎？」

「但是當牠們有所需求，像是想玩或是餓了反而很黏人。妳現在是哪一種？」他側身望著她，露出一臉幸福的表情。

「我不是餓也不是想玩，只不過想要多靠近你。」

「我們已經同居超過半年了，每天不是都一起睡嗎？不過再多的碰觸可不行，我可不想惹丈母娘生氣，必須讓妳肚子平著進禮堂。」何力揚靠向前親吻她的唇，她摟著他的脖子回應。

「晚安，明天見。」范以歆輕聲說著，兩人緊緊相擁入睡。

因為藥效的緣故，她很早便陷入沉睡，意識飄向另一邊的時空——

「以歆，起床了，想睡覺回床上睡。」

范以歆在邱凱翔的呼喚下醒過來，一睜開眼便被人從沙發上挖起來。

「現在幾點了？」她靠在邱凱翔肩上喃喃問道。她已經漸漸習慣睡夢中來到另一個時空。

「晚上九點半囉。」邱凱翔捏捏她的肩膀。

她爬起身，發現自己在一個陌生的地方。她試著理解自己現在身處何地，米白色沙發、深色小茶几，從這裡還可以看到小廚房，顯然是一間套房。既不是和邱凱翔婚後居住的房子，也不是過去自己承租的居處。

現在是哪一年？她心想著摸摸肚子，猜想現在自己是已婚還是未婚。

「在找什麼？還沒睡醒嗎？」邱凱翔摟著她的肩問。

「我得回家了。」

「回什麼家啊，妳忘記我們上個月開始同居了嗎？」邱凱翔笑著輕捏她的鼻子。

「我夢見我還一個人住在外面。」她苦笑找藉口敷衍。

「傻女孩。以後結婚了，妳也會這麼說嗎？」邱凱翔盯著她的臉微笑。

如果這是我的夢，那我應該可以理解這裡的情況。我和學長同居，那麼他現在應該是在台灣工作，難道他放棄攝影了？

「這是我們交往的第幾年？」她問道，試圖理解情況。

「三年半了，該不會忘了吧。」邱凱翔說著靠向前親吻她的鎖骨，並向上滑過她的臉頰，深吻她的耳畔：「我媽說，如果有了孩子就順勢把妳娶回家。」

她吃了一驚，現在的發展在她的意料之外。她和何力揚同居時，約定好結婚後才可以有親密行為，姑且不論上次的意外，他們向來很遵守婚前約定，難道跟邱凱翔就沒這個協議嗎？

范以歆被他壓倒在沙發上，心臟撲通撲通跳，還沒有心思思考自己和對方究竟處在什麼樣的感情階段？

「等一下。」她雙頰泛紅推開他的肩膀。

「怎麼了？」邱凱翔低頭看著她，臉上滿是笑意。她感覺他的身體很燙，望著他思考該怎麼回應：「我現在還年輕，還不想這麼早結婚。」

「但上次妳喝醉時，可不是這麼說的。」

「我喝醉說了什麼？」

「妳說不想工作，想當邱太太。不就是那天睡過之後，妳才說乾脆同居的嗎？」他回答，忍不住噗哧一笑。

「結婚我一樣得工作。」范以歆紅著臉轉移話題。她沒想過和邱凱翔在一起時，兩人發展得這麼快。

「上週我老闆幫我升職了，也許下個月薪水就會加薪。要養妳也可以。」他笑得很甜，她第一次見他這樣笑，知道他這表情只給自己看。

「我才不想要在家當黃臉婆。」她順著話題，坐起身，但見對方一臉遲疑，便靠向前吻了回去安撫他。這些動作相當自然，就像是維持了相當久的習慣，她開始熟悉這裡的生活。

「妳不想當邱太太了嗎？」邱凱翔握著她的手，以嘻笑的口吻問。

「你娶得起，我就當。」她不由得順著他的問題回應。

「那麼明天就先入籍我家，後天辦婚禮。」他開玩笑地說。

「蜜月呢？」

「妳想去哪裡？」

「嗯……馬爾他嗎？你說過那裡很漂亮。」

「我有去過馬爾他？」邱凱翔面露困惑。

范以歆見他一臉困惑，這才想起自己脫口說出另一個時空發生的事。

「啊，我記錯了，是我同事說那裡很漂亮。」她隨即改口。

「馬爾他在哪裡？」與現實生活相異，這次是邱凱翔反問。

「在南歐。」

「歐洲不錯呀，聽說在浪漫的地方，生出來的孩子會比較漂亮。」他說著，親吻她的指尖。

「基因都一樣跟地方沒關係吧。在那裡你就可以盡情拍照。」

「拍照嗎？不錯呢，我已經好久沒再拿起相機了。」

范以歆呆愣地望著他，不禁心想在這裡學長已經不再拍照，只是普通的上班族了？

「我有問過你為什麼不拍照了嗎？」

「嗯？攝影師的工作不穩定，況且我也不是相關科系出身，更何況我還想存錢養妳。」

「你是認真的嗎？」她面露不捨，她很喜歡他拍攝的照片。

「當然。況且我已經二十七了，得好好考慮未來，攝影就當興趣囉。」邱凱翔親吻她的額頭。

「那對你來說什麼叫做幸福？」

邱凱翔眉頭微蹙，不明白今天女友為什麼問題特別多，他把頭靠在她耳邊用氣音說道：「和我愛的人一起生活，期待未來的各種可能。妳的幸福也是我的幸福。」

「但是我只希望你快樂。」范以歆聳肩，伸手輕撫他的臉。

「和妳在一起我就很快樂，妳不也是嗎？」邱凱翔緊抱著她，她完全陷入夢境裡，忘記現實生活的自己，任由他抱著自己走進房間。他深深吻著她的唇，動作熟練地脫去她的上衣。她順應著他的動作還有自己的衝動，在不知不覺中陷入沉睡。

手機鈴聲大作，范以歆猛地爬起身。和前幾次半夢半醒的狀態相比，這次她醒得很快，立即起身將鬧鐘關掉。反倒是何力揚用枕頭悶著頭睡覺。

范以歆回想自己做過的夢，強烈的罪惡感襲來。她因為睡眠時幾乎沒翻身，而感到肌肉痠痛。

她的脖子、耳際彷彿仍可以感覺到邱凱翔的氣息。

「只是夢為什麼這麼真實？」她喃喃自語，伸手將何力揚的枕頭奪走。

「起床了，今天是星期一。」范以歆輕拍何力揚的臉頰，輕輕吻了他的額頭。

「早安吻不是額頭，額頭是留給媽媽的位置。」何力揚笑著揉揉雙眼，「給妳男人的吻是這裡。」他說著靠向前親吻她的唇。

「真是的，我早上還沒刷牙耶。」范以歆蹙眉摸摸發燙的脖子。

「我不介意。」他笑著下床順勢將未婚妻一起拉下床，「昨晚夢了什麼好夢嗎？」

范以歆呆愣幾秒回答：「我不記得自己做了什麼夢，怎麼這麼問？我說了什麼夢話嗎？」

「沒有，只是難得看妳沒賴床，以為是妳做了好夢。」他搔搔睡塌的頭髮。

「才沒有！你呢？很少看你睡到鬧鐘響了才起床。」范以歆心虛反問。

「我做了不太好的夢。醒來看到妳，我很慶幸那只是夢。」何力揚輕捏她的手轉身走進浴室。

我做夢的同時，力揚又夢到了什麼？范以歆盯著未婚夫的臉，發覺他的臉上沒有笑容。

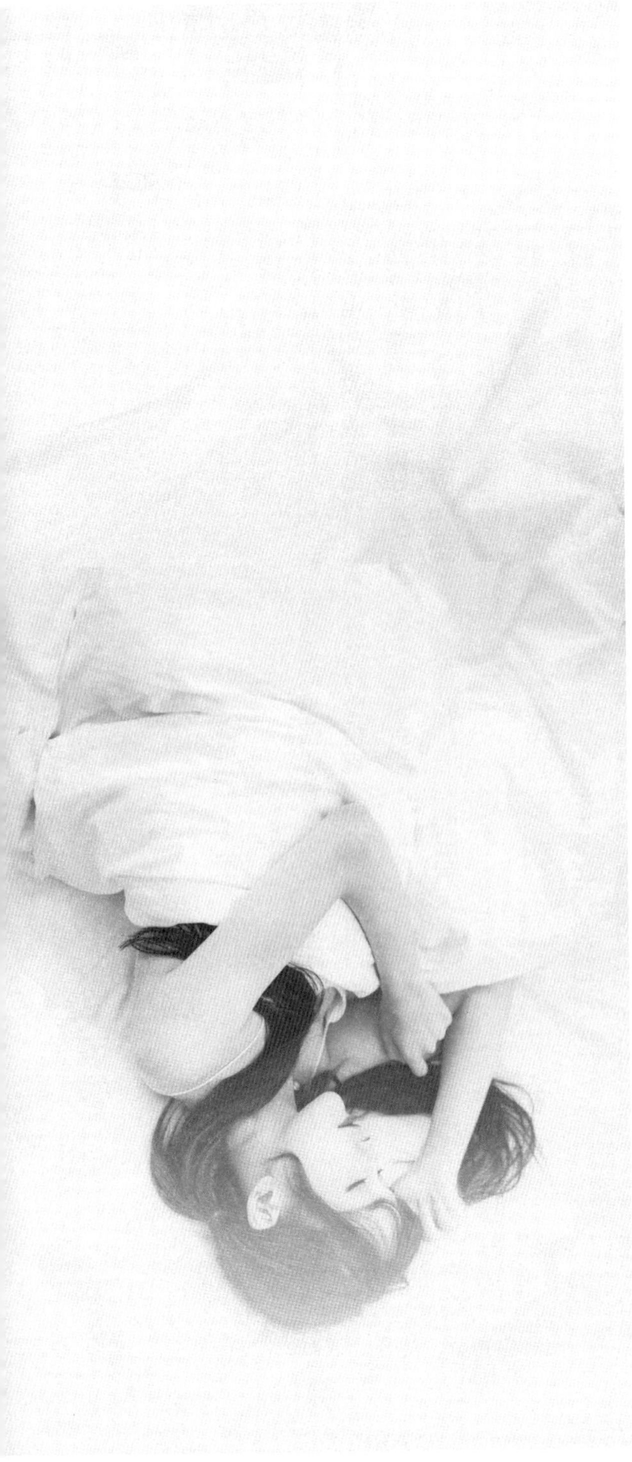

第三章　暫時分離

3-1

范以歆搭乘捷運前往公司，恰好巧遇同事蔡佳蓉，兩人一道閒聊等候到站。

「之前誼如跟我說，她覺得妳最近沒什麼精神，跟婚禮有關嗎？」蔡佳蓉關心道。

「嗯？沒事呀，我很好。」范以歆下意識否認。

「真的？但我看妳黑眼圈很重。」蔡佳蓉指著她的眼睛。

「我很好，我男朋友也都有在幫忙。」

「如果需要幫忙告訴我一聲。」

「好，謝謝妳。」她露出感激的笑容，但她的煩惱無法輕易說出口。

「對了，我上星期六去了時空旅人，就是我之前貼給妳的網址。妳還記得吧？」蔡佳蓉話題一轉，范以歆聽到時空旅人的名稱，不禁倒抽一口氣。

「妳該不會已經去過了？」蔡佳蓉注意到對方異常的反應，隨即驚問。

范以歆見事情已經無法隱瞞，只好尷尬點頭。

「怎麼樣？妳做了什麼夢嗎？」蔡佳蓉八卦地追問。

「狀況有點複雜。」范以歆簡短概述了自從見過偉恩後的經歷。

蔡佳蓉聽了不由得面露驚嘆，遮著嘴說：「我去時空旅人只不過是問如果我小學聽我媽的話去學芭蕾，現在我的生活會有什麼不同，沒想到妳診療的經過這麼特別。」

「這算是好事嗎？我每天看著力揚，內心就很不安。」

「幸好妳學長不在台灣，如果遇上他不曉得會有多尷尬。」蔡佳蓉見她一臉鬱悶趕緊又說，「時空旅人算是一種心理治療，看病本來就沒有錯，夢也不是妳可以控制的，是很自然而然發生的事。」

「但那些夢太過真實，讓我有些混亂。」范以歆扶額，一臉苦惱。

「也許妳在夢裡和學長玩膩了，就可以乖乖結婚，這也沒什麼不好。」

范以歆聽了對方的建議，聳肩輕聲嘆氣。

「不過，學長是妳的初戀，對吧？和初戀在夢中交往是什麼感覺？」蔡佳蓉忍不住問。

「夢裡的他跟我認識的學長有點不同，應該說是特別溫柔，感覺看到了他的另一面。夢裡我們感情真的很好。」說到此她又不禁嘆氣。

「聽妳這麼說，好像夢裡的生活過得比現在還好。」

「沒這回事！」范以歆心虛地趕緊反駁。她愛何力揚，可是在夢裡她也愛邱凱翔，無法分辨哪個時候的自己最快樂。

列車抵達目的地，兩人下車後便沒再討論時空旅人，但這日上班范以歆的內心始終反覆思考著夢裡和邱凱翔相處的種種情節。

下班時間，她揹起皮包準時離開公司，今日的心情讓她無從再多待幾秒，隨即搭上捷運準備返家。

「學長是不是也因為妳的改變，而得到不一樣、甚至更理想的生活？而妳和學長在一起時，沒感覺到幸福嗎？」偉恩的話語像魔咒一般繚繞，她只有單方面在現實生活中和何力揚在一起，沒機會接觸學長，要如何判別自己和誰在一起最幸福？如果她在畢業前夕對何力揚的答覆有所不同，那麼夢境裡的事就會成真嗎？還是那只是她的幻想？

「或許我不該再去時空旅人了，畢竟力揚也沒任何異常的行為，也許根本不必擔心他是不是後悔結婚。」她喃喃自語。

雖然偉恩曾經說過，如果想改變，未來還是可能有不一樣的發展，但他們三人都已經不是過去的自己，經歷、生活圈、認識的人都不同了，改變又有什麼好處，那只會傷害現在他們身邊的人。她不想傷害何力揚，她愛他，這點她確定，只是她總覺得對方愛她比較多，有時候這讓她感到壓力。在夢裡和學長相處反而沒有這種感覺。

在她陷入思考時，突然有人輕拍她的肩，她轉頭看，眼前出現一個十分熟悉的人。

「小康學長？你怎麼在這裡？」她瞪大眼看向對方渾圓的身軀，竟如夢中所見。為何夢裡見到的小康和現實生活會恰巧吻合呢？

「我去見客戶，剛好搭車經過。好久不見了，我還正想妳會不會忘記我，我們有兩三年沒碰面了吧。妳瞧我這些年身上多了多少包袱。」小康露出親切的笑容，輕拍肚皮。

「是呀，好久不見。」范以歆勉強擠出微笑，在夢裡她已經遇見小康好幾次。

「我從慧婷那裡聽說妳和力揚要結婚，真是太好了。你們是我們攝影社創設以來第二對配對成功的情侶。」

這句話她聽過第二次了，只是對象不同，在夢裡她是和邱凱翔在一起。

「我們應該辦個聚會，幫你們慶祝一下。伴郎呢？已經挑好了嗎？」小康問。

「伴郎是交給力揚選，伴娘我還在找人。」

「不曉得阿凱有沒有辦法回來？他現在是專業攝影師，恐怕是我們社團裡唯一追隨夢想的人吧。我都好久沒玩相機了。要是他回來就可以當伴郎，畢竟他和你們很要好。」

「也許力揚會問問看。」她微笑回答，卻見對方臉色突然一沉。

「還、還是不要好了。」小康突然反悔道。

「為什麼？」范以歆吃驚反問。

「我這人就是話說得快，我說不要是因為……我想起七年前阿凱回國不久後曾經找我出去喝酒，我從來不知道他這人也會喝醉，他酒量很好，基本上要灌醉很難。我不懂他為什麼突然想喝酒，不管我怎麼問他都不說，仔細想想該不會跟妳和力揚交往有關？」小康面有難色，支吾半天才脫口說出理由。

「我完全不知道這件事。」

「我跟他同屆，他自然和我好說話。他在回國當完兵不久不是又出國了嗎？本來他是要去一間外商企業擔任法律顧問，對方看他英文好，條件也開得很高。我勸過他，可是他說他已經無法再待在台灣，其餘理由什麼也不說。妳也記得他回國後老是很忙，很少出現在聚會吧。所以我猜想那或許就是原因。」小康拿出手帕擦擦汗，「妳別太在意，都已經是七年前的事了，我想他可能早就不在意。」

「過去我以為他只是對我很親切的學長，不敢多想。」范以歆望著窗外嘆氣，不禁心想如果自己多察覺對方的想法，或許過去就能明白學長的心意。然而若是察覺了，她又該怎麼回應何力揚的心意？

「阿凱的個性太內斂了，誰看得出來他在想什麼？他是個像山一樣的人，相當穩重，就和他拍的照片一樣。」小康望著捷運車廂外來往的人群。

范以歆回想起過去社團攝影展，邱凱翔確實特別喜歡拍山，他鏡頭下的景物總有一種神聖而穩重的感覺。

「不過雖然如此，當時我們其他人還是偷偷猜測到底妳會和他們之中的誰在一起，還不少人私下開賭盤呢。」小康說完後，露出一臉不小心說漏嘴的表情。

「沒關係，事情都已經過去，不用在意。」她回答，但卻努力抑制自己想詢問對方押賭注在誰身上的好奇心。

「總之，我很高興看到妳和力揚開花結果，他是我見過最傻的傢伙了，你們開始交往時，他那張愉快的傻臉我還記得很清楚呢！他會好好珍惜妳。」小康真誠祝福。

范以歆露出感激的微笑。

「好了，我要準備轉車了。」小康說著揮手向她道別，轉身走出車廂外。

范以歆走出捷運站閘口，一路上茫然地望著前方發呆。就算小康沒說，她也清楚何力揚會好好疼惜自己，只不過邱凱翔的過去卻讓她感到心痛。在學長剛回國時，雖然她和何力揚交往了，可是第一眼見到學長，內心曾經動搖過。在那當下，她其實喜歡學長比喜歡何力揚來得多。

她回到家時，何力揚還未到家。她先洗了個澡，走出浴室恰巧看到何力揚走進家裡，上半身濕透。

「妳已經洗好澡了？」

她點點頭走向前，用自己手中的毛巾替他擦頭：「外面下雨了？」

「我走出捷運站時突然下下來。」

「我先來準備晚餐，你趕快去洗澡，要是感冒就麻煩了。」她說著轉身要走時，何力揚卻抓住她的手。

「發生什麼事了？」他的表情很認真。

「沒什麼。」

「妳今天看起來很不快樂。」他眼神流露出不安。

「我真的沒事，別擔心。」她勉強擠出微笑，「你的身體都冷了，快點洗澡。」

「如果有什麼不開心的事，不要自己悶著好嗎？」他捧著她的手放在嘴前輕輕一吻，這才走去浴室。

范以歆默默深吸了一口氣。她感覺自己的未婚夫變成熟了，要是在過去，對方只會傻愣愣地笑，不懂她的心情，然而或許是相處久了，他幾乎已經摸透自己。

她走進廚房拿出鍋子裝水煮麵，將冰箱裡有的冷凍食材扔進鍋裡。晚餐煮到一半，聽見何力揚從浴室出來的聲音。

「晚餐已經快煮好了，現在快八點，你應該很餓了吧。」她說著，突然對方從背後抱住她。

「怎麼了？」她吃了一驚。

何力揚什麼話也沒說，只是緊摟著她，將下巴靠在她的肩膀上。

范以歆將爐火熄滅，靜靜讓他抱著。

「我做了什麼事，讓妳生氣了嗎？」他問。

「為什麼這麼問？」范以歆深感困惑，他們這些日子以來並沒有爭吵，這問題讓她感到唐突。

「以前我們只是單純的朋友時，妳從來不會隱瞞我任何事，就連喜歡阿凱的事也告訴我了，但妳卻不告訴我妳現在不開心的原因。」

「只是公司發生了一些事，沒什麼大不了的，你別擔心。」她說著內心卻感到心虛，同時心想為什麼最近他總是喜歡提起過去自己喜歡學長的事。

「如果是這樣我就放心了。」他將她轉過身，吻了她的額頭。她感覺到他的不安，不禁心想是否該停止偉恩的治療，治療只會讓自己更加困惑，並且傷害到何力揚。

「你趕快吹頭髮吧，我也要把晚餐煮完。」她用他頭上的毛巾輕輕擦拭他的頭髮。

他微笑走回房間。

晚上睡覺時，范以歆緊抱著何力揚，試圖催眠自己不要再做另一個時空的夢，至少今晚不要。

她不想讓何力揚再感到不安。他沒有錯，有錯的是對自身心意感到模糊的自己。然而事與願違，在她墜入夢境後，自己緊靠的胸膛已經換成另一個人。

「以歆，起床了。」邱凱翔先起身關掉鬧鐘。

她醒來睜開眼看見邱凱翔不禁脫口問：「你怎麼在這裡？」

「我當然在這裡，不然在哪裡？」他笑著，「更何況妳枕在我手臂上，我可以去哪裡呢？」

范以歆爬起身，讓邱凱翔的手臂恢復自由。她看向四周，發現她不在兩人結婚後的新居，更不是同居的家。

「妳該不會忘記昨天喝醉酒，硬是把我拉到妳家睡的事吧？」邱凱翔看著她不禁笑出聲。

「我喝醉酒？」范以歆起身感覺肩膀涼涼的，發現自己沒穿衣服，而邱凱翔也是，環顧四周，確實是她大學畢業後租的小套房。

「妳喝醉的樣子很可愛。」邱凱翔輕捏她的鼻子。

「所以我們……」她伸手比向對方赤裸的上半身。

邱凱翔望著她笑出聲：「妳知道妳昨天很主動嗎？在送別會結束後，妳一直喊著要當邱太太，我本來送妳回家準備離開時，妳卻突然大哭，要我在家陪妳。」

范以歆從沒想過自己酒量這麼差。比照邱凱翔這次和上次說過的話，昨晚就是他們決定同居的契機點。

「你說送別會……」她說著同時尋找衣物蔽體，隨手拿了邱凱翔的襯衫穿上。

「下禮拜何力揚要去新加坡工作，妳忘記了嗎？妳還因為這件事大哭。」邱凱翔說著，從背後抱住她。她感覺他抱得很緊，難不成是在吃醋？

「他跟妳向來很要好，妳會難過也是沒辦法的事。」邱凱翔說著，親吻她的臉頰。

「他現在還住在中和的家嗎？」范以歆不經意地問，想去探望對方。

「是呀，妳想見他？」邱凱翔在她耳邊問，搔得她耳朵癢癢的。

「或許該去看看他有沒有需要幫忙的地方。」范以歆心想之後不久何力揚就會去新加坡工作，如果要了解他在這裡的狀況，必須趁現在。

邱凱翔靜靜點頭，抱著她的肩輕聲說：「昨天妳喊著要當邱太太，讓我忍不住想我們交往已經兩年多了，是不是該考慮更遠的事？」

「更遠的事？」她的臉頰泛紅。

「我想或許我們可以同居，以結婚為前提。」

「以結婚為前提的同居？」

「經過這些年，出社會工作已經脫離學生時期很久了，開始會想像未來的日子，我希望我的未來有妳。所以這是以結婚為前提的同居，等時機成熟就結婚。」

她抱住他的手臂笑出聲：「好，我們就同居吧。」

她回答後，邱凱翔親吻她的臉頰，緊緊摟著她。她對自己的回答感到吃驚，然而在這裡她漸漸無法控制自己的言行，她就是愛他，怎麼可能忍心拒絕？

隔天下班，她搭車來到何力揚的家。她按門鈴，何力揚應門，只見家門邊擺滿紙箱。

「你真的要去新加坡工作了？」范以歆望著他問。

「當然，不然星期六的送別會是送假的嗎？」何力揚露出一臉感到可笑的表情。

范以歆沒等對方同意，逕自走進何力揚的家。

「妳有告訴阿凱妳來我家的事嗎？」何力揚問，眉頭緊蹙。

「有，只是沒說是今天。」她不以為意地回答。

「最好打電話通知他一下吧。」何力揚轉身關門，露出無奈的表情。

「為什麼？」

「因為妳跟他是男女朋友，妳隻身到我家不會讓他懷疑嗎？」

「我們是好朋友，有什麼好懷疑的？」范以歆說著動作自然地幫他整理桌上的雜物。

「范以歆，妳真是少根筋！」何力揚從她手上奪走一條四角褲，雙頰微紅伸手彈了她的額頭，

「妳忘記我跟妳告白過的事嗎？」

她呆望著他，一度忘記這件事。他的表情很認真，還帶著不滿。從他的表情，她知道他那次告白耗費了多少決心和勇氣。

「都是過去的事了。我們還是朋友，不是嗎？」范以歆勉強擠出微笑。她望著他內心感到一陣酸楚，在這裡他們只是朋友。

「那是妳認為的。」何力揚話一出口馬上露出反悔的表情，轉頭整理書桌的雜物。

范以歆茫然不知所措，眼角瞥見放在箱子裡的相本，拿起來看，裡面放滿了社團時期何力揚的攝影作品。過去他們社團成員經常一起上山出遊拍照，和邱凱翔不同，何力揚喜歡拍湖，湖面映照著群山和藍天，就像他本人一樣，個性澄澈透明，心裡在想什麼，很容易就能明白。

她會心一笑，往下翻，發現自己被側拍的照片。照片裡，她拿著相機，認真拍照，不曉得什麼時候被他偷拍了。往下一翻，還有他們打鬧互拍的混亂照片，往後翻每一張都是她的照片。她不知道他拍了這麼多自己的影像，頓時嘴微張面露吃驚。

「別看了。」何力揚轉向她，抽走她手中的相本。

「我不知道你偷拍了這麼多我的照片。」

「妳不知道的事可多了。」何力揚搔搔頭坐在床上。

「你一定要去新加坡嗎？」范以歆在他身旁坐下。

「一定。」

「留在台灣不好嗎？」范以歆露出不捨的表情。

「我沒辦法待在這裡呀。」何力揚抬頭看著她，「要是我當初沒跟妳告白就好了。」

她發現他眼角的淚珠，伸手輕輕擦拭。他順勢抱住她搖了搖頭：「我沒辦法看著你們在一起，過了兩年我以為我可以忘記喜歡妳，可是我還是沒做到，我太幼稚，無法祝福你們。」

她回抱著他，很想跟他說「留下來」，然而她現在又有什麼臉要求他？他的痛苦是她造成的。

「我真的很喜歡妳。」他的聲音傳入她耳邊，她知道在這個時空的何力揚很不快樂，因為自己而過得很痛苦。

「對不起。」她只能這麼說。

「妳為什麼要來呢？我本來想就這麼離開。」何力揚望著她，雙眼泛紅。她看得心疼。

「我很擔心你，你對我來說很重要。」她撥著他的瀏海，靠向前親吻他的額頭。下一秒被他捉住手，還沒意識過來，他已經吻上她的唇。

她感覺吃到他的眼淚，吻起來鹹鹹的。她不知道該怎麼反應。

「對不起。」這次換何力揚道歉。他站起身背對她按著自己的太陽穴。

「沒關係。」范以歆望著他，唇邊還留有他嘴唇的觸感。

「抱歉，我真的不知道自己怎麼了，妳還是趕快回家吧。」

范以歆靠向他，輕拍他的背。

「拜託！不要再管我了，我求妳回家吧。」何力揚哽咽請求。

她凝視他的背影，嘆了口氣轉身離開。回家路上，范以歆忍不住哭泣，一心只想回到原本的時空，希望趕快醒來——

「以歆、以歆。」這時她聽見熟悉的呼喚聲。一雙大手將她抱在懷裡。

她睜開眼，房間裡透著清晨的微光，何力揚就在她眼前。

「妳怎麼哭了？」

「我夢見討厭的惡夢。」范以歆說著緊抱住他。

「什麼惡夢？」

「我不想說，說了心裡不舒服。」

「好吧，那就別說了。」他抱著她，輕拍她的肩膀安撫。

她在他的懷裡安心入睡，暫時沒再夢見另一邊的時空。

*

中午午休時間，范以歆與同事一起吃飯，陳誼如和蔡佳蓉交談時，只有她望著前方發呆，沒加入聊天。

「她是怎麼了？」陳誼如困惑地低聲問。

「大概婚前憂鬱症還沒治好吧。」蔡佳蓉聳肩面露無奈。

陳誼如聽了在范以歆面前揮了揮手，引起對方注意。

「啊？」范以歆回神，手中刈包夾的生菜滑落，掉在裙子上。

「范小姐，妳快點回神。」陳誼如拿出衛生紙幫她擦去裙子上的油漬。

「以歆姊，發生了什麼事？跟我們說，我們幫妳想辦法。」

范以歆沒辦法，只好把昨天的夢和時空旅人的事一五一十告訴兩人。

「我真的沒想到妳的狀況這麼嚴重。」蔡佳蓉先前也早聽說過她的困擾，但不知道她會為此難過到睡醒大哭。

「但這只是治療的一環吧。妳不就是因為不知道自己喜歡的人是誰，所以才去時空旅人治療嗎？妳夢裡愛的人是學長，現實生活中愛的是好友，但不管在哪個時空，妳又對另一人無法割捨。治療不就是要讓妳釐清哪一個狀況才是妳最理想的生活？」陳誼如回應。

「但治療一直讓我覺得罪惡感深重。」范以歆輕聲嘆氣。

「妳未婚夫也去了，誰曉得他在夢裡是不是抱著其他女人？妳有初戀，他也有吧。我認同妳的心理醫生說的話，妳要結婚了，對自己感情不明不白怎麼行？這對妳和他一點也不好。」陳誼如又說。

「不過以歆姊哭醒是為了未婚夫哭的吧？」蔡佳蓉拍拍她的手背。

「可是如果今天換成是學長在妳面前哭呢？以歆就是容易心軟，也許只是因為妳看到他哭了，所以覺得有罪惡感。那不就只是夢而已嗎？」陳誼如不放棄又說。

「雖然說是夢，但太真實了，就好像是確實發生的事實。」

「妳現在不就決定跟男友結婚了嗎？別大驚小怪了。」陳誼如搖頭道。

「確實是如此。」范以歆回應，但表情和語氣卻很不乾脆。

「以歆姊，在夢裡和在現實，妳覺得自己最幸福的是什麼時候？」蔡佳蓉換了個方式問。

范以歆沉思半晌說不出答案。

陳誼如見她一臉困惑不決，握住她的手說：「在我看來，妳覺得未婚夫很依戀妳，所以在夢裡他一直表現得很弱勢，而現實生活中學長很成熟，他喜歡妳，可是為了你們沒表現出來。妳的治療只是給妳另一個人生可能的發展，但它不會發生。在過去妳早就答應了未婚夫，和他交往，並決定步入禮堂。妳的問題就在於妳不清楚自己愛誰，如果妳決定要和未婚夫在一起，那就和心理醫生說妳不想再做那些夢了，停止治療。或者，妳想一想發現自己最愛的其實是學長，那就和未婚夫說再見，去找學長告訴他妳還喜歡他。就這麼簡單。」

范以歆聽朋友如此強硬的分析，不得不同意她的說法，但是要她真的照辦卻又很不容易。

晚上范以歆和何力揚兩人吃過晚飯，坐在沙發上看電視。兩人的相處模式依舊沒變，但是范以歆的心思一部分卻心繫另一個時空的生活。

她眼角偷瞄未婚夫，心想同樣的場景在夢裡也有，只不過身邊的人換成邱凱翔。她一想起夢裡何力揚哭泣的臉，不禁深感內疚，轉身仰躺在他的腿上，伸手勾著他的手。

「我發現最近妳撒嬌的次數很多。」何力揚愛惜地輕摸她的臉頰。

「我問你，大學攝影社拍的照片你有帶在身邊嗎？」她凝視著他的臉問。

「有呀，一直沒帶回高雄的家，所以放在這裡，妳想看？」

她爬起身點了點頭。

「我想想放哪裡去了……當兵的時候把相本也帶進去了。」他喃喃自語，走進臥室。

她跟在他身後，瞧他鑽進書桌底下，從中拿出一個褪色的鞋盒，裡面有一本相本，和范以歆夢裡所見的款式一樣，淺藍色底和紫黑色的格紋。

為什麼會一模一樣？她不禁面露困惑。

「找到了，就是這個。」他將相本拿在手中搖晃。

「借我看。」她走向前伸手靠向相本。

何力揚把相本高舉不讓她拿到：「借妳看我有什麼好處？」他浮現頑皮的微笑。

「你想要什麼好處？」她鼓起臉頰問。

「嗯……這個先保留。妳記得欠我一個人情就好。」他笑著親吻她鼓起的臉頰，把相本交給她。

她翻開相本，裡面出現的照片竟然和夢裡如出一轍，在風景照後頭都是她的照片，不由得露出吃驚的表情。

「別看了，很害臊。」他說著試圖從她手中搶走相本。她在夢裡已經知道他會做出什麼反應，趕緊轉過身不讓他拿。

「你社課的時間都在拍我嗎？」范以歆看著照片問。

「就、就只是拍好玩的。」他搔搔頭，一臉難為情。

「你還帶去軍營嗎？」

「當兵的時候又不能天天見面，所以就把相本帶著了。」他從背後抱著她的肩膀，「能像現在這樣直接碰觸妳當然最好。」

「你現在覺得幸福嗎？」范以歆仰頭看他。

「沒有什麼比現在更幸福了。」他微笑。

范以歆望著他的笑臉，一瞬間覺得自己彷彿醉了。

如果在另一個時空，她可以讓邱凱翔親密地碰觸自己，為什麼對現實生活裡的何力揚卻有另一番規定？這樣對他不公平。

她想著轉身抱住他，吻著他的脖子。他拿走她手中的相本扔置在桌上，彎下腰將她抱上床。那一晚，他們彼此相擁，感受對方的體溫，交換彼此的氣息，漸漸陷入沉睡。

下一刻她醒來時，睜開眼自己卻又身處在不同地方。

「我美麗的妻子，妳醒了？」邱凱翔坐在床上看書，陽光自窗邊灑落。

她坐起身，茫然望著學長，這些日子醒來時見到的人和入眠時不同，有時還是會讓她嚇一大跳。

「妳難不成又睡茫了，忘記自己結婚了吧？」邱凱翔微笑，捏著她的鼻子。

「別捏了，要我怎麼呼吸。」她輕拍對方的手。

「起床吧，我幫妳準備早餐。」邱凱翔說著下床走進廚房。

范以歆目送他的背影離去，躺在床上撐著自己的額頭，不禁心想怎麼又夢見這裡了？她發覺就算自己不想做夢，還是會夢見這一邊的時空。

她走出房間，聞到飯香，只見邱凱翔端了兩碗粥放在桌上。

「我還想吃點重口味的東西，像是培根之類的。」她走向他，在餐桌前坐下。

「別忘了妳上次吃個蛋就吐了。」他從背後抱住她，手輕摸她的肚子，「我媽說她以前害喜也是這麼嚴重。」

她靠在他的臂彎，來到這裡卻又不禁對邱凱翔感到依戀不捨。同一個時間點，她在這裡已經結婚，並且和學長有小孩。然而當夢醒之後這些只是黃粱一夢，唯獨這裡發生的事，如現在幸福肥的小康學長、何力揚的相本，意外地和現實情況相符，難道這個夢不是單純由腦袋推測的幻想嗎？

她摸摸自己的肚子，面露困惑。

「對了，昨天我在捷運站遇到力揚，他從新加坡回來了。」邱凱翔吃飯途中突然說道。

她呆愣半晌，想起上回在夢裡和何力揚之間發生的事，這件事邱凱翔應該不知情。

「他回來了？」

「是呀。上次妳才說想要他的信箱地址，不久他就回國了。好像是他外婆過世，所以回來幫忙。他外婆住在新北市，近期一個月他都會在北部。妳如果想見他，可以和他聯絡。」

但他會想見我嗎？范以歆想起那天在何力揚租處發生的情景，不禁默默心想。

「趕快吃飯吧。」邱凱翔像是看懂她的表情，輕捏她的臉頰。

「妳的問題就在於妳不清楚自己愛誰。」她認真回想陳誼如說的話，一邊看著邱凱翔。如果在現實生活中，她不可能想像會有這麼一天，要不是因為邱凱翔那天告訴她告白的答覆，她也不會這樣猶豫不決。

「阿凱學長。」她吃了一口粥，表情認真地抬頭看他。

「怎麼突然叫我學長，我們都結婚了，還這麼叫。」

她聽他這麼說，臉頰發紅，輕咳一聲：「阿凱，我問你，你去澳洲時收到我的信、看到我向你告白時，為什麼沒有回覆我？那時候你是喜歡我，對嗎？」

「當然喜歡。」他放下湯匙，笑容漸漸收起，「當時我知道力揚喜歡妳，所以沒膽回覆。」

「所以如果你回來時，我和力揚在一起，你就會放棄我了嗎？」她直盯著他的眼睛。

「妳這麼一說聽起來很奇怪。都已經生米煮成熟飯了，還在想那些不會發生的事。」邱凱翔看著她微笑，眼神卻似乎略有保留。

「力揚什麼時候告訴你，他喜歡我的事？」

「大概是在我出國前吧。」邱凱翔快速吃完飯，走到客廳打開電視。

范以歆默默看著他，總覺得他今天有些不自然，好像話只說了一半。過去他和力揚發生了什麼事？

這時電視新聞的記者正在採訪一名路人：「請問妳為什麼會想來這裡接受治療？」

范以歆望著新聞發呆，突然叫出聲。路人身後的背景十分眼熟，她確定在現實世界裡，自己也曾經看過。

「經過診療後，我才發現原來我可以改變現在的人生，我也可以重新選擇，獲得自己想要的生活。」被採訪者露出愉快滿足的微笑。

范以歆盯著螢幕走到邱凱翔身邊坐下。

「怎麼了？」他困惑地望著她。

「嗯？只是之前聽同事提過這間診所。」

「平行時空？這是占卜，還是治療？」邱凱翔盯著螢幕，對於范以歆真正驚訝的原因一無所知。

隔天范以歆照例前往公司上班，在夢裡她的工作和現實生活一樣，蔡佳蓉和陳誼如也依舊是她的同事。這裡奇異的真實感使她一不小心就忘記自己仍身在夢裡。

如果哪一天在這裡睡著醒不來該怎麼辦？她心想。

下班她寄了封簡訊告訴邱凱翔自己要和朋友吃飯，便悄悄搭車前往時空旅人的所在處。護理師看見她出現露出微笑，拿出名冊讓她簽名，這次護理師沒再對她面露警戒。

她走進診療室，偉恩如現實生活中初次見面時，露出相同迷人的笑容看著她。

「范小姐，妳好。」

她點頭在椅子上坐下。

「妳來這裡是希望尋找什麼答案嗎？」偉恩將座椅移向前，親切詢問。

范以歆望著對方靜默半晌，深吸一口氣問：「如果我說我們不是第一次見面，你會相信嗎？」

「我在哪裡見過妳嗎？」偉恩露出自信的笑容，摸摸下巴。八成也有其他女病患問了一樣問題，只不過她們的出發點不同。

「在平行時空，我們曾經見過面。」她回答，見偉恩笑出聲又說，「我不是要來搭訕你，我是認真的。你說過夢裡所見只是潛意識的推測，但事實上我很可能因為治療來到另一個時空。」

偉恩充滿自信的臉一瞬間蒙上陰影，靜思幾秒後說：「什麼意思？妳可以告訴我詳細的情形嗎？」

護理師走進診療室，端了兩杯奶茶。范以歆本想拿起茶喝，但偉恩伸手蓋住了茶。

「我對妳說的話很感興趣，在我釐清妳的問題前，勸妳先別喝。」

范以歆盯著茶上方冉冉上升的白煙，緩緩說出自己在另一個時空發生的事。

偉恩聽完她說的話，剎那間還未能反應過來。

「我從沒想到會有這種事。」他呆望著范以歆喃喃自語，「妳說這裡是夢？」

「我現在不清楚了，這裡太真實，但我確定我是來自其他時空的人，自從我遇到另一個你之後，我經常會做一些奇特的夢，做夢就來到這裡。」

偉恩輕聲一笑：「我最初進行這項研究只是為了利用人大腦的潛意識，挖掘出人生另一種可能的想像，那些想像不應該是真實存在的時空。」

「你不相信我的話嗎？」范以歆蹙眉問。

偉恩直盯著她，陷入深思。他深呼吸後回答：「我不敢完全相信，但我願意持保留的態度。」

「我說的是實話！在我的世界裡，另一個你把我送來這裡。這裡發生的事，在我的世界也發生了。這不可能是我的潛意識所能預料的。我承認這聽起來很瘋狂，但全部都是事實。」

偉恩蹙眉，微低著頭。當范以歆以為他是不是睡著了，正要開口時，對方隨即伸手阻攔，阻止她打攪自己的思慮。

「如果妳說的是真實發生的事，也許妳的意識藉由催眠和平行時空的自己連結。本該平行的兩條線，因為妳產生聯繫。這是一個了不起的發現。」偉恩說著，突然大叫一聲，翻開筆記本瘋狂書寫。

「偉恩，你別忘記我在這裡也有付錢。」范以歆瞪了他一眼，示意他不要只顧著自己的研究。

「平行時空就像是無數條平行的線，每條線絕對沒有完全相同的形狀，意思是例如妳在原本的時空是未婚，而在這個時空是已婚，還有身孕。此外可能還有無數個時空的妳，每個妳的狀況和身分可能都不一樣。」偉恩自己說著，隨即又發出一聲驚嘆，忍不住握住范以歆的手，似乎在確認她是不是真人。

「所以你同意我的話，認為這裡是平行時空，是真實存在的？」

偉恩點點頭：「很有可能。」

范以歆愣了幾秒，摸摸自己的肚子，這肚裡的小孩是真實存在的，不是夢。

「我想本來這裡的我跟妳不會見面，妳和我會見面全是因為妳本來所屬的世界對這裡的時空進行干涉，所以我才能見到妳。人生的命運和選擇是由各種因素相連作用下才形成的。每一分每一秒，不同時空在不同因素的催化下，產生不同的分歧線。」偉恩再次發出讚嘆聲，振筆疾書。

范以歆聽了他這一番推論，回想自己來到這裡的原因。一開始是蔡佳蓉傳了時空旅人的網址，當初她一點也不相信，然而真正促使她前來這裡的原因是看見何力揚瀏覽了時空旅人的網頁。

「你認識叫做何力揚的人嗎？」范以歆問。

偉恩轉身在電腦裡輸入名字搜尋，隨後轉頭看向她搖了搖頭：「我猜這個叫何力揚的人就是妳在這兩個時空的分歧點。妳如果想要得到答案，就必須和他談清楚，不管是原本時空的他，或是這裡的他。」

范以歆似懂非懂地點頭。

偉恩露出親切的微笑：「妳說妳是因為不清楚自己愛的是學長還是妳的未婚夫，現在妳找到答案了嗎？回到妳原來的世界，妳知道該怎麼抉擇了嗎？」

「當我知道現在所經歷的一切，包括你和我說的話全是切切實實的存在後，我好像更難割捨任何一方。」

「就我的立場，這間診所開設的目的就是希望能藉由潛意識探究自己真正的想法，避免後悔，讓人生有重新選擇的機會。就這目的來看，如果妳最後選了學長，我也樂觀其成。但我必須說，妳至今人生的發展全是每個當下的妳，經過一步步考量後累積的成果，究竟選擇誰才是正確的並沒有答案，無論妳選了誰，勢必得放棄另一種生活，我希望妳可以明白我說的道理。」

范以歆點頭，她何嘗不了解這些因果，但正是因為如此，她才無法輕易下決定。

「有任何需要可以再來預約，我可以免費幫妳服務。」偉恩露出微笑。

「謝謝。」她起身準備離開。

偉恩在她離開的前一刻又說：「對了，范小姐，如果妳遇到平行時空的我，麻煩幫我跟他說『你的推論一直都是對的』。」

范以歆返回和邱凱翔兩人的家，邱凱翔看她這麼晚才回來露出擔心的表情迎上前。

「抱歉我晚回來了。」她上前抱住他。

在這個時空，我和學長真的在一起了。她暗自心想，抱著眼前的人閉上眼睛感受對方的體溫，但她的內心無法完全放鬆，她知道在這個時空他們很幸福，可是卻無法不掛念何力揚。

當她理解這裡的一切是可能實現的存在，她愈來愈無法理解自己真正想要的是什麼？當年給何力揚的回覆究竟正不正確？在這前提下，她又無法輕易放棄夢境裡的生活、放棄邱凱翔，因此她決定再給自己多一點時間。

3-2

星期六早晨，范以歆在何力揚的呼喚下醒來。她睜開眼，自另一邊的時空回來，望著眼前的未婚夫微笑。

「看妳的表情，我是不是把妳從好夢裡拖出來了？」何力揚伏下身親吻她的臉頰。

「你也是我的好夢。」她笑著輕捏他的臉。她漸漸習慣自己的意識在兩個時空間來回。

「我比較希望我是妳現實中的好夢。」何力揚伸手將她抱起來，搔了搔她的腰，「媽幫我們預約了今天早上九點的門診。」

「九點？這麼早。」范以歆抵擋不住搔癢，趕緊下床，想起母親說的婚前檢查，不禁蹙眉。

「妳又忘記時間了。因為要檢驗的項目很多，不早點做會餓很久。」

「真不曉得做這些檢查有什麼意義？」她靠在床邊摸摸何力揚的頭。在另一個時空她母親可沒要求她和邱凱翔做這些繁複的檢查。

「為了讓妳媽安心吧。」何力揚輕拍她的腰，「讓妳媽相信我是健康的優質男人。」他話說完自己卻噗哧一笑。

「你呦！」她彎下腰摩搓他的耳朵，一邊吻著他的唇。這樣的舉動很熟悉，只不過當時是她坐在床上，而邱凱翔彎腰親吻自己。她開始習慣回來這裡時，做出和另一個時空相似的舉動，好彌補內心的愧疚。

何力揚開車帶著她來到醫院，醫院裡人很少，兩人坐在藍色塑膠椅上等候叫號。

「如果睏的話，瞇一下沒關係。」何力揚將她的頭推向自己的肩膀。

范以歆點點頭，靠在他的肩上。他身上的氣味和邱凱翔聞起來不一樣，對她來說兩邊都是安心的味道。在瞌睡中，她聽見吵鬧的叫喊聲——

「快讓開！快！」幾名救護人員大喊，手推著一張滿是鮮血的病床從前方經過。

「快通知急診室做好準備。」醫生大喊。

「醫生麻煩你了！」一名雙手沾血的男人跟在一旁，慌張哀求。

范以歆見到眼前令人不安的畫面，無法別過頭。那名染上鮮血的男人，雙手扠腰，露出一臉無助的表情，轉過頭看向她。

「學長！」范以歆發現眼前的男人竟然是邱凱翔，不禁叫出聲。

「以歆、以歆，輪到我們了。」何力揚搖了搖范以歆的肩膀，將她從睡夢中喚醒。

她倏地驚醒，睜大眼睛望向前方，然而邱凱翔的身影已經消失。她下意識摸摸肚子，心想剛才看到的幻覺會不會是另一個時空發生的事？那麼躺在病床上的人是誰？

何力揚牽起她的手，兩人一起走進診療室。

「兩位早安。」診療室裡一名看起來經驗老道的女醫生對他們露出微笑。

他們緊張地點頭回應。

「別緊張，其實和健康檢查一樣，只是比一般的檢查更繁複一些。大部分的人都能及格過關，開開心心結婚。」

一旁護理師拿出兩包半透明的塑膠包交給兩人，何力揚拿到淡藍色的包，范以歆的則是粉紅色。

「為什麼我的包裡面是兩個塑膠杯和一個紙杯，她卻少了一個塑膠杯？」何力揚好奇地看著塑膠包內的東西問。

「我現在正要說明。」醫生輕咳一聲，「塑膠杯是用來裝東西的，不要拿來飲水。至於紙杯則可以裝水喝，在走廊盡頭都有飲水機。怕排不出尿，可以喝一些。」

「裝東西？除了驗尿還有什麼？」何力揚一臉呆相問道。

「其實包裝裡的單子都有寫上順序，依照順序像跑關卡一樣，依序到各個診療室進行檢驗。但既然您已經問了，我就先回答。和您說的一樣，塑膠杯是要用來驗尿，而你多出來的杯子是用來裝精蟲的。」

何力揚聽了臉頰漲紅，一旁的護理師低聲偷笑。

「至於紙杯。范小姐，您有過性經驗嗎？」范以歆雙頰發燙點了點頭，沒想到來這裡做檢驗就像是全身赤裸被檢視一般。

女醫生露出微笑：「不用害臊，我只是為了方便說明。您有一項檢驗是檢查子宮和卵巢，檢驗方式有兩種選擇，分為侵入性超音波和腹部超音波，兩者都很安全，但通常大家比較能接受後者。」

「那我就選腹部超音波。」

「好，那麻煩您驗完尿後，喝一大杯水，把肚子灌飽，檢查需要漲尿會比較容易進行。」醫生在檢驗單上簡單做紀錄，「我確認一下，昨天有依照規定十點後禁食嗎？」

兩人乖乖點頭。

「三天禁慾也有做到嗎？」

「有。」何力揚聽了這些問題，尷尬搔頭。范以歆偷看他的表情忍不住憋笑。

「很好，那我們先來進行一些基礎檢查，麻煩將袖子捲起來，先量一下血壓。」醫生說著指向兩旁的血壓計要他們就座。

或許是因為過度緊張，何力揚的血壓明顯比范以歆來得高。

做完檢查時，已經是中午十二點半。范以歆牽著未婚夫的手走出醫院。

何力揚面露緊張，深吸了口氣：「我沒想過這些檢查這麼可怕。不過最可怕的是醫生問的問題。要是知道會這樣我就不輕易答應媽接受檢查了。」

「你不是要當她的乖兒子嗎？」范以歆笑出聲，「不然你以為是要檢查什麼？」

「檢驗結果要七天後才會出來，有點不安。」

「傻子，沒什麼好擔心的。」范以歆輕捏他的手，忽然腦海又閃過先前在醫院裡看見的幻象，不禁面露擔憂。

「好吧，我餓了，我們去吃好吃的吧。」何力揚摟著她的腰，兩人往停車場走去。

＊

上班時間，范以歆坐在座位上盯著螢幕上的營業報告，輕敲鍵盤撰寫分析資料。昨晚的夢使她忍不住打呵欠，她最近為了能在夢裡擁有多一點時間而提早就寢，然而夢愈長卻會使她感到愈疲倦，並漸漸影響到她的生活。不管是現實生活裡的何力揚或是夢裡的邱凱翔，她無法決定該捨棄誰？如果就這樣下去，同時擁有兩種生活會不會太貪心？

她望著電腦螢幕，打字的速度漸緩，眼前的文字愈來愈模糊，忍不住打盹。突然桌上的電話鈴聲響起，她猛地驚醒接起電話。

「您好，這裡是……」她還沒說完話，才發現電話根本沒響。難不成是幻覺？范以歆默默將電話放下。

她自從上次去過醫院後，發覺自己時不時會因為精神不濟而瞬間陷入淺眠狀態，這狀況太過頻繁造成了一些困擾。

午休時間，她和陳誼如、蔡佳蓉一起用餐。好不容易撐到午休，她才能伸展身體好好休息，忍住睡意使她累積了更多疲勞。

「范小姐，妳最近上班很不專心唷。」陳誼如捧著臉頰看她，「要不是因為妳主管出差，我想他可饒不過妳。」

范以歆苦笑，伸手搥搥肩膀。

「沒睡好和時空旅人的治療有關嗎？」蔡佳蓉問。

「是呀，上次我跟妳說的建議，妳聽進去了沒？」陳誼如追問。

范以歆看著陳誼如銳利的眼神，遲遲無法說出自己忽視對方的建議，想要同時霸佔兩種人生。

「看妳的表情，妳一定沒有做出決定。」陳誼如嘆了口氣，「妳的人生是妳的，我只是給妳建議，希望妳清楚自己在做什麼。距離婚禮只剩三個月不是嗎？別臨時跟未婚夫喊卡，如果想做任何改變，愈快愈好。況且治療已經開始影響妳正常的生活了。」

范以歆搖頭：「我會乖乖結婚，上週才為了結婚去做婚前檢查。」

「以歆姊，怎麼突然變得這麼肯定？忘記學長了嗎？」蔡佳蓉問。

「也不算忘記……妳們相信有平行時空嗎？」范以歆終究忍不住說了。

「平行時空？」陳誼如皺眉。

范以歆點頭把夢裡和偉恩的談話告訴她們。

「所以，妳同時跨足在兩個時空？這怎麼可能！」陳誼如驚呼。

「但很多我不可能知道的事，透過平行時空預先看見了，妳說這不就是證明嗎？」

蔡佳蓉深呼吸，仰起頭凝視范以歆：「我一直以為只是巧合，沒想到是真的……我在接受治療時，另一個時空的我小時候收到我外婆送的一雙芭蕾舞鞋，我夢醒後問我媽，她才告訴我確實有這麼一雙鞋，但因為我放棄學芭蕾，那雙鞋就被外婆塵封起來。我去外婆家見了那雙鞋，鑲著蕾絲和水鑽的舞鞋，完全和夢裡的一樣。」

「妳說的是真的？」陳誼如似乎開始相信范以歆說的話。

「當然是真的。」范以歆代替蔡佳蓉回答。

「我也相信以歆姊，畢竟世上有這麼剛好的巧合嗎？」

「那以歆不就侵占了另一個自己的生活了？」陳誼如眉頭深鎖。

「說侵占太誇張了，對方也是我呀，而且也只有占用晚上的八小時。」她微笑。

「妳可以到另一個時空，那麼另一個時空的妳難道不會想來這裡？」蔡佳蓉插嘴。

陳誼如用力拍桌：「那不重要！以歆，這樣好嗎？我是說，另一邊的范以歆也有她自己的生活，如果妳貿然做出什麼改變未來發展的行為，那不就會傷害另一個自己嗎？」

「我怎麼可能傷害自己？」

「妳當然不會希望這麼做。就像妳說的分歧點，如果一不小心一個不同的舉動，會不會造成不一樣的結局？」

蔡佳蓉按住她的肩膀，誠懇地望著她：「以歆姊，我同意誼如說的話。如果妳想要擁有兩種人生的幸福，就同時必須承擔兩種人生的責任和痛苦。妳最初前往時空旅人是為了明白自己的心意，因為妳知道學長曾經喜歡過妳，妳同情過去的自己和他，所以透過治療看見另一個你們美滿的未來，但也看到本該是妳未婚夫的男人痛苦。妳不可能忍心看著他們受苦，最終妳仍會同時干涉兩個時空。」

「以歆，在事情還能收尾前結束吧。妳知道了人生另一種可能，這就足夠了。珍惜妳現在擁有的，妳無法放棄未婚夫不就是最終的答案，好好和他結婚生活，別再想另一個時空，那裡的幸福留給另一個自己就好。」陳誼如態度放軟，誠懇說道。

范以歆看著兩人點點頭，但內心卻尚未做出決定。昨晚還在夢裡聽著邱凱翔在耳邊輕聲呢喃，怎麼捨得這麼快就和他分開？

只要再給我多一點時間，讓我再多碰觸他，之後我就會鬆手。她試著說服自己，但卻沒自信可以真的割捨對方。

晚上范以歆下班回家，何力揚已經到家。范以歆發覺最近對方很少晚回家，心想或許未婚夫已經沒再去時空旅人接受治療，反倒是自己還在猶豫不決。

「以歆，我接到小康學長的電話，他說他邀了社團的人，希望大家出來聚會，順便想幫我們慶祝，所以想問我們哪天方便。這週末好嗎？」何力揚吃飯時說道。

「可以呀。」她擠出微笑，換下外出服。

「那我告訴他約這個星期六下午。」

范以歆點頭，突然腦中一片暈眩，身體向右邊一傾，倒在地上昏了過去。

「以歆！」何力揚衝向前抱住她，發現她竟然睡著了。

「以歆、以歆，怎麼突然睡著了？」

范以歆聽見呼喚，睜開眼邱凱翔的臉映入眼簾。

「我睡著了？」范以歆揉揉雙眼望著眼前的人，瞇起雙眼面露困惑，不禁心道我剛才不是和力揚在一起嗎？

「妳可能是太累了，最近似乎很不好睡。」邱凱翔瞥了一眼妻子微凸的腹部，露出滿足的微笑。

范以歆坐挺身望向前方，發現自己正坐在副駕駛座上。安全帶橫過她的腹部，讓她有些不舒服。

「我們要去哪裡？」

「妳不是說想要見力揚嗎？所以我開車載妳來他新北市的外婆家。」

外婆……上次學長說過力揚的外婆過世的事。范以歆喃喃自語，拿出口袋裡的手機一看，現在的日期比現實生活中快了三個星期。

「力揚和外婆感情很好，內心很不好受吧。」邱凱翔說著轉動方向盤，開往寧靜的巷子。巷口前方的老舊屋舍前擺滿了白色百合花，幾輛車停在旁邊。

范以歆等邱凱翔停好車後，走出車外。

何力揚的母親站在門口，見到他們露出微笑。過去她和邱凱翔曾經去過何力揚高雄的老家，因此他母親也見過兩人。

「以歆，能看到你們真好。幾個月了？」何媽媽溫柔迎接兩人。

「五個月。」范以歆微笑回應。

「正確來說是六個多月。」邱凱翔將手放在妻子肩上。

何力揚聽見談話聲走出來見到他們，突然面有難色。他看起來比上次準備去新加坡時來得憔悴許多。

「你們怎麼來了？」何力揚露出不自然的微笑。

「來看看有什麼需要幫忙的，順便看看你。」范以歆微笑。

何力揚看著她，忍不住注意她的肚子。

「先進來吧。」何媽媽拍拍他們的肩，勸他們進房。

「小康和慧婷先前也來過了。」何力揚拿了兩杯水給他們。

「他們都是來看你的吧。你好久沒回台灣了。」邱凱翔望向靈位前的照片。

「是呀，這臭小子都不回來。你也學阿凱趕快娶個像以歆這樣的好女孩回家，不然一個人待在異鄉多寂寞。」何媽媽跟著勸說。

「知道了啦，我在新加坡也有自己的生活圈，別擔心。」何力揚露出煩躁的表情。

「自己的生活圈也不錯，有認識好的女孩嗎？」邱凱翔問。

范以歆不經意抬起頭注視著何力揚，何力揚和她對上眼隨即別過頭，敷衍般地點了幾下。

「有認識女孩怎麼沒跟媽說呢？」何媽媽笑著輕拍他的肩。

范以歆和邱凱翔一起上過香，並和何力揚及何媽媽閒聊，不知不覺已經到了晚餐時間，何媽媽勸兩人帶兒子出去吃飯敘舊。何力揚本想推拖，但是拗不過母親，只好勉強答應。

「其實根本不必你們陪我，我這麼大個人，吃個飯有什麼問題？」何力揚坐在後座，一臉尷尬地搔頭。

「何媽媽就是擔心你不好好吃飯，沒看你變得多瘦。」范以歆從副駕駛座轉頭看他。

「我這叫做苗條。」何力揚故作開朗。范以歆看得不禁感到不捨。

「對了，妳說的女孩是新加坡人嗎？」邱凱翔透過後照鏡望著他問。

「別提了，不這麼說，我媽又會囉嗦半天。」何力揚伸手拉開領帶，面露煩躁。

「喔，原來你只是隨便說說，我以為你真的有對象了。」邱凱翔收起笑容。

「如果你能找到那麼一個人，我相信她會很幸運。」范以歆誠懇地看著他。

「會找到，也許有一天吧。」何力揚望向窗外沒再說話。

「我知道附近有一家不錯的素食餐廳。」邱凱翔試圖緩和氣氛，打開收音機。

「今年秋季氣溫偏高，東南方海域熱帶氣旋發展為輕颱洛基颱風，目前距離鵝鑾鼻東南方兩千公里處，氣象局表示未來洛基颱風將有增強的趨勢，不排除登陸台灣的可能……」新聞播報自收音機傳出。

范以歆抬頭看向天空，無風也無雨。

「你這次在台灣會待多久？」邱凱翔問。

「待到月底吧。」何力揚望著窗外，面無表情。

三人抵達餐廳吃飯，聊天的話題都是和其他攝影社的朋友有關，他們刻意避開彼此相關的話題，雖然沒有明說，但范以歆也感覺到了。不僅她和何力揚，就連邱凱翔也在避諱。

「吃得差不多了，我先去結帳。」邱凱翔輕拍范以歆的肩走向收銀台。

何力揚望著昔日好友的背影，輕聲嘆氣。

「我很高興妳過得很好，他照顧妳就像是妳的僕人。」何力揚說。

「什麼僕人？」

「沒看他怎麼服侍妳吃飯的模樣嗎？不叫僕人叫什麼？」他低下頭。

「我也希望你在這裡可以過得快樂，你的幸福就是我的幸福。」

「我很感激妳沒把過去在我家發生的事告訴阿凱，但是不代表妳的幸福就會等於我的幸福。」

何力揚面露氣憤，說著站起身離開。

范以歆望著他，想起在另一邊的生活，何力揚從來不是這副模樣。邱凱翔和何力揚站在一起說話，她望著兩人回想陳誼如和蔡佳蓉先前給自己的告誡。

「妳無法放棄未婚夫不就是最終的答案，好好和他結婚生活，別在想另一個時空，那裡的幸福留給另一個自己就好。」

她閉上眼摸著自己的肚子，內心無法做決定。下一秒她睜開眼時，發覺自己躺在床上。

「醒來了？」何力揚側躺在她身旁，「妳怎麼回家突然就睡倒了？」

她揉揉太陽穴，頭還有些昏。最近來往兩個時空過度頻繁，生活節奏開始受到影響，她不由得感到不安。

「餓了吧？我把飯用熱。」何力揚準備下床時，范以歆伸手拉住他。

「你一直躺在旁邊等我睡醒嗎？」

「當然。妳的臉看完一輩子也不會膩。」他微笑。

「肉麻死了。」范以歆忍不住笑出聲，輕拍他的屁股，「我的幸福是你的幸福嗎？」

「一直都是。」他摸摸她的頭離開。

她望著他心想不希望再看見他難過的表情，不管要不要再回去另一時空，她已經決定不會反悔和何力揚在一起。

＊

同學會當天晚上，范以歆和何力揚來到約定的餐廳，幾名攝影社的好友已經先抵達，看到他們出現隨即面露喜悅，爭相祝賀。和范以歆的夢境相同，當時幫她和邱凱翔慶祝的幾名成員：小康、陳慧婷、阿猴、溫妮等人都來了，但是卻不見邱凱翔的身影。

「你們也拖太久，交往到現在已經七年了。何大帥，你太不爭氣囉，這麼久才給以歆一個交代。」阿猴笑道。

「我想要多一點準備，也讓我們多適應彼此再做決定。」何力揚抓抓頭別過臉，掩飾難為情。

范以歆看他一臉害臊，不禁會心一笑。這時某個人從她身後出現，伸手抱住她的肚子嚷嚷道：「什麼！肚子是平的。」

范以歆吃了一驚，轉頭看，抱住她的人是溫妮。

「溫妮，別老是嚇人。」阿猴上前幫忙說話。

「我們是認真決定要結婚，不是為了小孩啦。」何力揚說著將范以歆從溫妮手中搶回來。

「溫妮和以前一樣，一直都沒變。」范以歆微笑。

大部分的人到齊後，一行人走進餐廳包廂。這次聚會來了十多個人，大部分的人和范以歆夢裡一樣沒有什麼太大的變化。

她盯著他們不禁想起夢裡偉恩提過的分歧點，兩個時空的差異並沒有影響到他們嗎？

每個人開始分享自己的近況和感情生活，畢業多年難得能像學生時期一樣熱絡，她見了不由得感到安心。

「你們有聯絡上阿凱嗎？」阿猴在聊天時突然問及。

「他似乎很忙，一年飛好幾個國家拍照。你們有在讀旅遊雜誌嗎？很多都是他負責拍攝的。」

溫妮說。

「前陣子他回台灣時，我碰巧遇到他跟朋友在咖啡廳聊天，就和他們一起吃飯了，不曉得之後又飛去哪裡。」陳慧婷說。

「朋友？是男生還是女生？」溫妮八卦問道。

「可惜囉，是男生，說是以前在澳洲認識的朋友。」陳慧婷說著，眼神不經意飄向范以歆。

「所以是澳洲人嗎？」阿猴問。

「不是，只是那時在當地留學的學生。」

「在澳洲留學，應該很有錢吧？」溫妮竊笑。

「只是臭屁的ABC罷了，但A是指澳洲。不過在那次一起吃飯之後，我就沒見到阿凱學長了。」陳慧婷回答，表情不以為意。

「阿凱現在人在台灣呦。」小康說。

「在台灣怎麼不來聚會？」何力揚問。

「好像在忙什麼攝影展。我上次就是在華山文創那裡碰巧遇到他。」

「攝影展？真厲害，沒想到他已經可以開展了。」陳慧婷驚呼。

「我倒覺得他總有一天會因為攝影而發光發熱。」范以歆想起過去邱凱翔專注拍照的模樣，不由得會心一笑。

這時包廂的門敞開，話題人物出現在眾人眼前：「你們在討論我嗎？」

范以歆見到他，差點將一旁的杯子翻倒。

「阿凱，你總算來了。」小康說著挪出空間放椅子。

「抱歉，最近有事在忙，沒辦法準時參加。」邱凱翔微笑眼神飄向范以歆。

范以歆拿起杯子喝茶掩飾心裡的動搖，但卻沒發覺杯子早就空了。何力揚悄悄盯著她的側臉，眼神閃過一絲不安。

「學長，有攝影展怎麼不說？」范以歆故作鎮定詢問。

「也沒什麼，只是雜誌社找了幾個有合作的攝影師舉辦聯合攝影展，我不過是其中一位。」邱凱翔聳肩。

「我聽力揚說伴郎還沒找好，阿凱，你年底還有活動嗎？不然就當他們的伴郎，沒人比你更適合了。」阿猴插話。

「對呀，何大帥以前有一陣子很喜歡模仿阿凱學長，不是嗎？」溫妮笑著附和。

「有這件事？」阿猴追問。

「當然，那時候你還沒進學校，是他大一的事。老喜歡模仿阿凱學長拍照的方式，不然就是模仿他的穿著。」溫妮噗哧一笑。

「對、對，我想起來了，確實有這麼一回事。」陳慧婷跟著起鬨，「我那時還想說怎麼有兩個阿凱學長。」

其他人聽了笑出聲，同時期的社員似乎都對此有印象。

「我怎麼就不記得你有做這些事？」范以歆一臉茫然望著未婚夫。

「那是因為他模仿得很差呀。」溫妮大笑。

「唉呦，別再拿我開玩笑了。」何力揚面露苦澀，偷偷靠向范以歆悄聲說：「當時因為我知道妳喜歡他，所以模仿的。」

范以歆不由得雙頰泛紅。

「總之，找阿凱當伴郎再適合不過了。」阿猴再次提議。

「伴郎比新郎高有一點……」何力揚苦笑，並看向邱凱翔，「不過有你當伴郎我會很高興。」

「我再看看能不能撥空，我盡可能參加。」邱凱翔望著兩人微笑。

這時突然傳來手機鈴聲，邱凱翔慌張接起電話。

「看他忙的。」溫妮笑著，幾個人笑出聲。

邱凱翔和來電的人交談，不時皺眉表情變得嚴肅。他切斷通話後，小康好奇詢問發生了什麼事。

「沒什麼，只是雜誌社打電話來，說我務必要選出一張自己最滿意的作品。」邱凱翔說著嘆了口氣。

「變成藝術家了，連一張好看的照片也挑不出來嗎？」溫妮刻意酸他。

「阿凱學長有他的堅持，不想隨便定義自己所謂最好的作品吧。」范以歆幫他回答。

「大概就是這種感覺。」邱凱翔對著她微笑，而何力揚坐在一旁靜默不說話。

聚會結束後，何力揚跑去找已經結過婚的小康詢問一些相關問題，范以歆站在人群外圍，努力記下這一天大家重聚的景象。

「怎麼一個人站在這裡？」邱凱翔走向她。

「我只是突然覺得這個畫面很美好，有點熟悉卻又有點陌生。所以我想好好保留這段記憶。」

「妳好像變得更有女人味了，過去的范以歆會說這些話嗎？」

「你這是取笑我嗎？」范以歆瞪大眼，作勢要打人。

「沒有，我覺得這樣的妳也挺好的。」邱凱翔的微笑看起來有些寂寞，「上次和妳見過面後，我有些擔心。妳現在還會迷惘嗎？」

范以歆望著何力揚的背影輕聲嘆氣：「我還不清楚，但我知道我希望他幸福。」

「我也是，我希望你們快樂。」

「學長，有件事我想問你，當初我寫了信給你，為什麼你不回覆我你的心意？」范以歆猶豫許久，最終還是問了。

邱凱翔凝視著她，沉默半晌才說：「妳這麼在意嗎？」

「我想知道理由。」

「當時在我出國前就已經知道力揚喜歡妳，我們三個人很要好，我不想破壞我們之間的感情。」他回答，但臉上的笑容略顯僵硬。

「所以你決定退讓，即使當時我喜歡的人是你？」范以歆露出不能理解的表情。

「做出這個選擇讓我猶豫很久，但我想這是最好的發展。」

「所以你從來不曾後悔？」范以歆試圖擠出微笑，表情變得很不自然。

「看到你們很幸福，我不後悔。」邱凱翔語氣堅定。

「嗯，我明白了。」范以歆點頭，努力做出釋懷的表情，緩步走向何力揚。

何力揚發覺她的表情不正常，轉頭瞥向邱凱翔。

范以歆和何力揚兩人向大家道別後返回家。

「過了這些年大家都沒有變呢。」范以歆洗好澡坐在沙發上。

「是嗎？我倒覺得小康學長變很多。」何力揚擦拭頭髮坐在她身旁。

「那只是身材改變罷了。」

「這麼說來變最多的應該是阿凱吧。」何力揚盯著電視機，表情平靜。

「會嗎？」她忍不住轉頭看向他。

「就是整個人散發出來的氣質不一樣了。」他握住范以歆的手，勾著她的指尖，「要散會前，你們聊了什麼？」

「沒什麼特別的事，不過只是閒聊。」她不敢說她問了過去告白的事。

「我有時候會想，如果我沒有向妳告白，現在我們還有阿凱會怎麼樣？」

「你後悔向我告白了嗎？」范以歆面向他，微蹙著眉。

「沒這回事，只是看到你們一起愉快聊天的樣子，讓我不經意這麼思考。畢竟在當時他出國前，我們一起喝了酒，我和他都有點醉了，他也說他對妳有好感。我是說他也曾經喜歡妳。」何力揚費了好大的工夫才說出口，手不自覺緊握。

「所以大四你叫我告白時，也已經知道他喜歡我？」

「對。」何力揚點頭，盯著她的臉問，「妳也知道了？」

「我是最近才知道。為什麼你在得知我沒收到他的回覆時，沒告訴我他喜歡我？」范以歆將自己的手從他手中抽離。

「我如果說了，妳還會跟我在一起嗎？」何力揚面帶憂愁。

「我……」她站起身無法回答，「我現在沒辦法和你說話。」

范以歆走進臥室裡，躺在床上靜靜思考。

聚會結束時，邱凱翔告訴自己沒回覆的原因是顧及何力揚的感受，卻沒告訴她何力揚也是知道他對自己的心意。

她瞬間覺得何力揚這麼做很自私，然而勸她告白的人也是他。他究竟在想什麼？而自己結婚將至，又為了過去的事生氣究竟對不對？

「抱歉，妳生氣了？」何力揚鑽進被窩裡，從背後抱住她，「我也是掙扎許久，當我跑去跟妳告白時，抱著會被妳拒絕的心情，後來妳竟然答應了，我也就不敢告訴妳其實阿凱喜歡妳。因為要是妳知道了，一定會反悔答應我。」

「我還在生你的氣，只是沒那麼氣了。」她握住他的手。她氣消的原因是因為她明白何力揚說的是實話。如果七年前她知道學長也喜歡自己，她又怎麼可能答應何力揚，給他機會呢？

「對不起。」他把額頭靠在她的背後。

「算了，我現在喜歡的人是你，過去就別提了。」范以歆輕拍他的手臂。

「我已經無法想像如果我們沒有在一起，現在的我會怎樣了。」何力揚輕聲說道。

范以歆閉眼沒再回應。她承認自己也一樣，既然現在很幸福，那就不要再追究既往發生的事。

她陷入沉睡，掉入另一邊的時空。

3-3

當范以歆睜開眼的同時，聞到熟悉的氣味。一雙手正輕撫她的頭，她抬頭看，邱凱翔就在她的身旁。

從窗外的天色判斷，現在的時間是下午。

「今天是星期幾？」她把頭靠在對方的手臂上問。

「星期天，這麼快就忘記了？」邱凱翔微笑，輕捏她的鼻子。

「星期天下午嗎？我不太喜歡星期天下午。」

「因為明天又得上班嗎？」他輕拍她的肩。

「大概吧，有種時光飛逝的憂鬱。」

「妳在講什麼傻話。」他撥開她的瀏海問：「今天下午想做什麼？」

她搖搖頭，有種預感今天會是最後一天來這裡。根據偉恩的說法，如果長時間沒再回診，不久夢也會結束，而她也不打算重回這裡，一直和這裡的時空接觸，她總有一天會無法割捨，而她不能貪心占據兩邊的幸福，必須讓事情回歸正常軌道。

「我只想要像現在這樣，待在你身旁直到這一天結束。」她回答，語氣有些寂寞。

「是嗎？跟我的想法一樣。」邱凱翔像是注意到她的異狀，緊抱著她的腰，在額頭上輕輕一吻。

在下一次醒來時，我就無法再待在你身邊了。范以歆在心中喃喃自語，輕聲說：「在這個時刻、這個地方，我很愛很愛你。」

「我也是。」他柔聲回答。

早晨范以歆起床時已經聞到早餐的香味。

「以歆，今天要去醫院拿報告，還記得嗎？」何力揚站在房門口對她微笑。

她揉揉雙眼望向他，她仍沉浸在剛才夢中的情緒，同時卻也感覺對方的笑容不太自然。

「妳哭了嗎？」何力揚先一步走向她，擦去她眼角的淚痕。

「只是剛睡醒太累了。」她伸手抱住他，緊緊地抱著，感受他的存在。

她不曉得何力揚是否感覺到了什麼，他輕拍她的背，好似在安撫。這樣的他讓她更加堅定自己的心意，決定不能再繼續猶豫不決，必須聽從陳誼如的建議，不再干涉另一邊的時空。

吃過早飯，他們開車前往醫院。

走進醫院裡，何力揚表情變得沉重。

「怎麼了？在緊張嗎？」范以歆握住他的手。

「我只是不太喜歡醫院。」

「別多想，我們只不過是要去領報告。」她帶著他走向櫃台，告知護理師兩人來的目的，護理師請他們稍後，等待叫號。

她轉身準備走向後方座椅時，突然走廊右方傳來快步奔跑的聲音和金屬碰撞聲，轉頭看只見一群醫護人員推著病床往這裡來。

「一切會沒事的，放心。」邱凱翔跟在病床旁，雙手沾滿鮮血。

「阿凱學長？」范以歆瞇起眼睛望著病床邊的人，他們沒注意到她，急速通過。

「以歆，妳還好嗎？」何力揚抱住她的肩膀。

她搖了搖頭，發覺剛才的影像瞬間消失。

「沒事。」她擠出微笑，再次探頭望向右方，然而什麼也沒有。這是她第二次看到那個幻覺，她不明白幻覺究竟代表什麼，卻也不敢找出原因。

他們坐下等候十多分鐘，護理師呼喚他們進診療室。

「哈囉，兩位，好久不見。」醫生見到他們進來，露出親切的微笑。

「醫生，我們沒問題吧？」何力揚一坐下趕緊問。

「結果如何交給你們自己看吧。」醫生說著，一旁護理師拿出兩份文件放在他們面前。

兩人互看了一眼，分別接過自己的報告書。何力揚慌張拿出報告書翻開來看，范以歆反倒不太緊張，畢竟她在另一個時空都已經當媽了。

「以歆，妳的結果如何？」何力揚戰戰兢兢問。

「一切正常，你呢？」她抬頭望向他。

「我嗎？」何力揚面露慌張，「血壓好像過高，此外正常。」

他露出微笑握住她的手。

「何先生，我們重新幫你驗一下血壓，之後你們就可以回家了。」醫生微笑。

他們望著醫生，剛才可是因為醫生賣弄玄虛而被嚇出一身冷汗。經醫生重新檢查後，確認何力揚只是一時緊張，所以才會血壓上升。

「太好了，這樣我媽就不會再囉嗦。」范以歆抱著何力揚的手臂，兩人一起走出醫院。艷陽高照的星期天早晨，彷彿日子還很長，依舊充滿希望。同樣的星期天，但卻有不同心情，她忍不住輕聲嘆氣。

「我也很高興，這樣就可以安心結婚了。」何力揚靠向前，雙唇輕觸她的鼻頭。

范以歆望著他心想，昨晚和邱凱翔的回憶就將它當作是遙遠的夢，別再回想了，她的生活將會回到正軌。她必須專心愛他，就像他真心對著自己一樣。

他們開車前往電影院，看了部早場的電影，並到附近的餐廳慶祝。

「妳說過妳夢到自己有小孩，而且是個男孩對吧？」何力揚吃飯時提起。

「對。」范以歆面露心虛點了點頭。

「他長怎樣？」

「我沒看見，他還在肚子裡。」范以歆喝了口茶，不明白何力揚怎麼會突然又問起她說過的夢。

何力揚低頭翻攪著盤中的義大利麵。

「伴娘妳找好了嗎？」他又問。

「溫妮說願意當我的伴娘。」范以歆回答時閃過一個不該存在的記憶，記憶裡她的伴娘是陳慧婷，陳慧婷曾是她最好的朋友，然而在這個時空對方不會是她的伴娘，想到此笑容頓時有些寂寞。

「那挺好的。」他擠出微笑。

「伴郎呢？」范以歆問。

「我還在找。阿猴說要我先和阿凱確認，如果阿凱不行參加，屆時再找他幫忙。」他放下叉子，凝視著她問：「妳會希望阿凱當伴郎嗎？」

范以歆望著他的臉，試著猜測他此時問題的用意，然而卻看不出任何異狀。

「我都好，不管是學長或是阿猴，他們都是我們的好朋友。」

「不過阿凱對妳而言比較特別吧。」他微笑低下頭沒再注視她，「阿凱說攝影展開始前，我們可以先去看看，溫妮他們也會去，大概下週就可以先一步參觀。」

「那很好。」

「距離婚禮剩不到三個月，那時候再問問他吧。」何力揚笑著說，表情又恢復正常。

范以歆回以微笑，但卻感覺未婚夫沒有真心感到開心。

報告結果是好的，他有什麼好憂慮的呢？她心想，不自覺想起時空旅人。她不知道何力揚在診療時夢見了什麼？而對方也好一陣子沒有晚回家，或許他和自己一樣也早就下定決心，不再去時空旅人了。

現在他們沒有任何疑慮，對吧？她望著他，努力說服自己。

晚上兩人回到家，范以歆洗好澡後，打開手機有一通來自她姊姊的未接來電，她隨即回撥聯絡姊姊。

「姊，突然打給我，怎麼了嗎？」

「最近因為預產期快到了，沒時間打電話關心妳。」姊姊說道，背後還聽得見姊夫和孩子玩耍的聲音。

「預產期還有三個禮拜？」

「是呀，我是不緊張，但妳姊夫可慌了，又不是第一胎。」姊姊發出甜蜜的笑聲。

「姊夫疼妳有什麼不好。」

手機另一頭傳來深呼吸的氣聲：「我結婚後很幸福，希望妳也是，所以打電話給妳，想知道妳之前的疑惑得到解答了嗎？」

「還沒，我沒有問他。」范以歆望向浴室，浴室裡傳來水聲，何力揚還在洗澡。

「事情過這麼久了，妳還沒問？」

「後來我也去了那間診所，所以事情變得有點複雜，總之已經沒事了。」她說著，用手輕捏耳朵，露出漫不經心的神態。

「是他沒事，還是妳沒事？」姊姊的聲音瞬間變得嚴肅。

「我想我們都會沒問題。」范以歆發覺水聲消失，趕緊又說：「他要洗好澡了，我先掛電話。」

何力揚擦拭頭髮走向她，開口問：「妳剛才在跟誰講電話？」

「我姊姊。」范以歆堆起微笑。

「妳連頭髮也還沒吹乾。」他靠上前幫她擦拭頭髮。

她見對方沒有異狀，淘氣地說道：「等你幫我吹呀。」

「妳還記得以前大學時妳還是短髮嗎？後來什麼時候突然想留長？」他梳著她的髮絲，柔聲問。

「在我們交往一年多的時候你說喜歡聞我頭髮，所以才留長的。」

「我現在也還是很喜歡妳頭髮的香味。」他微笑掬起她的頭髮輕輕一吻。

「你喜歡的話，我會為你繼續留長。」她側身握住他的手。

范以歆望著他，姊姊問的話她並不是沒有煩惱過，但現在她覺得就當作過去那些事不曾發生過，她和何力揚依舊會踏上紅地毯，完成婚事。她已經背著對方到另一個時空和邱凱翔在一起，現在沒有臉詢問對方為了什麼目的接受治療，又做了什麼樣的夢。

在這之後，范以歆沒再夢見另一個時空。

隔週星期六早晨，她和何力揚一同前往華山文創中心準備參加邱凱翔的攝影展，當他們抵達時，小康、陳慧婷等人已經到齊，而邱凱翔站在他們之中。

「不錯呢，我們可以先一步來參觀。」陳慧婷笑著輕拍邱凱翔的肩，「阿凱學長要出名了。」

「沒這回事。」邱凱翔難為情地微笑，見到兩人出現便緩步迎上前。

「你們來了呀。」他說著，眼神不經意飄向范以歆。他們因為上回的對話而有些尷尬。

「你第一次要開展，我們當然會來。」范以歆微笑試圖緩和氣氛。

「更何況還可以有特權提前入場，有什麼不好。」何力揚附和。

「提前入場也只是早半小時，在其他民眾來之前先參觀而已。」邱凱翔搔搔頭，露出不好意思的表情。

一群人在邱凱翔的帶領下前往展覽室，入口處兩名男人正激烈爭執，他們看到邱凱翔出現突然停止交談。

「凱翔，你提前來了？」其中一位年輕的男人問。這名男人是和他接洽攝影展相關事宜的負責人。

「對，楊大哥之前說過可以帶朋友先來看，所以我帶人來了。還是不行嗎？不行的話我先帶他們出去等。」邱凱翔面露困惑望向兩人。負責人之外的男人是展覽的主辦人員，對方露出不耐煩的表情。

「不是不行，只是上次我跟你討論的事……」負責人說著眼神瞥向站在後方的范以歆。

邱凱翔明白對方話中的意思，繞過兩人先一步走進展覽室。

「喂，凱翔，等一下。」負責人朝著他的背影大喊。

「有什麼好大驚小怪的？不就只是要他挑一張照片。」剛才和負責人爭執的主辦人員喃喃唸道。

「我說了那張不能公開呀。」負責人嘆氣，走進展覽室。

「我去看看發生什麼事。」溫妮興起好奇心，先一步走進展覽室。

「我們要進去嗎？」何力揚望向其他人，幾個人面面相覷，此時展覽室內傳來溫妮的驚叫聲——

「阿凱學長，你……」

他們聽見溫妮的聲音，跟著進去。

「溫妮，妳怎麼進來了？」邱凱翔一臉吃驚反問，隨後瞧見其他人跟著進來，趕緊擋在一幅大型的展覽作品前。

「別看。」他搖搖頭望向好友們，最後的目光停在范以歆身上。

范以歆等人望向剛才大叫的溫妮，只見對方也是搖頭。他們很少看見溫妮做出這樣嚴肅的表情。

「怎麼回事？」何力揚率先發現不對勁，推開邱凱翔的瞬間瞧見照片，他突然定格不動。

「不就只是張照片嗎？」小康走到他身邊，卻突然身體僵硬，「這張照片……」

邱凱翔望向范以歆對她搖了搖頭，然而她終究敵不過好奇心，走到兩人前方看，映入她眼簾的竟是過去她學生時期的照片。照片中的她閉起雙眼靠在椅背上入睡，臉面向窗邊，窗外的微光灑落在她的臉上，一旁的窗同時反射了她的睡臉，呈現兩張臉對稱的景象。

范以歆想起這是以前攝影社大家一起出遊時，邱凱翔和她曾經並肩坐在公車裡，似乎就是當時對方偷拍的照片。

「這張照片角度和意境挺好的不是嗎？」主辦人員站在一旁微笑，「用女朋友的照片有什麼好害臊的。」

那人似乎將范以歆誤以為是邱凱翔的女朋友。

何力揚聽了分別看向范以歆和邱凱翔，表情很不自然。

「她不是我女朋友。」邱凱翔搖頭，頭低垂不敢看他們。

「怎麼不是？這不是你認為最好的照片嗎？」主辦人員說著望向范以歆，見對方一臉茫然才知自己做了什麼好事。

「阿凱學長認為最好的照片……」陳慧婷站在范以歆身後喃喃唸著，不時瞥向范以歆。

為什麼學長會把這張照片當作是最好的照片？范以歆心想，轉頭望向邱凱翔時，對方正巧也抬起頭，兩人四目交接。

范以歆什麼話也沒說，轉身快步衝出展覽室的大門外。

「以歆！」邱凱翔朝著她的背影大叫，但卻遲遲無法移動腳步。

陳慧婷看何力揚呆立在原地，隨後上前拍著對方的背催促道：「你快去追她。」

何力揚回過神衝出展覽室外。

何力揚小跑步抵達外頭的廣場，此時人潮還不算多，他環顧四周，只見范以歆身體蜷曲蹲坐在牆邊。

「以歆，妳還好吧？」他緩步走到她身旁蹲下。

「我沒事，抱歉自己突然衝出來。」范以歆擦去眼淚望向他。她不明白自己為什麼突然有股衝動想哭，明明已經決定不再前往另一個時空，決心忘掉邱凱翔，然而看到照片的瞬間，她卻又覺得自己的決心在動搖。

「妳還喜歡阿凱嗎？」何力揚柔聲問。

范以歆搖頭，但卻不敢正視他的雙眼。

「以歆，不必在乎我的感受，看著我的眼睛回答。」何力揚抓住她的肩膀問。

她望著他說不出話，只是伸手抱住何力揚，喃喃唸道：「我愛你、我愛你呀，可是不知道為什麼看到那張照片卻覺得很憂傷。」

何力揚摟著她，輕拍她的背溫柔安撫。他打電話給小康，告訴對方他帶范以歆先回家，隨後摟著她的肩，送她上車。

回到家後，范以歆依舊保持沉默。她知道自己這樣不對，何力揚已經發現自己有異狀，要是她再什麼話也不說，婚禮可能將會告吹，而何力揚也會離開自己。

晚上她主動準備晚餐，在晚飯結束後，她試圖交談，然而對方卻先開口了。

「以歆，我思考了一整個下午，或者說這些天我一直在煩惱。」何力揚長嘆一聲，凝視著她，「我們暫時不要見面了，好嗎？」

「不要見面，什麼意思？」范以歆面露吃驚。

「妳應該也感覺到自己內心在動搖吧？」何力揚露出不自在的微笑，「分開一段時間對我們都好。」

「力揚，可是……」范以歆站起身望著他。

「婚禮的話不用擔心，我會負責處理。」

「我想說的不是這個。」她猛力搖頭。

何力揚深呼吸，起身繞過餐桌走向她，把手放在她頭上，柔聲說：「放心，我們還是可以像朋友一樣，這段時間妳好好思考吧。明天我會先借住阿猴家，妳不用擔心。」

「但這裡是你家，要出去也是我。」范以歆仰頭望著他。

「妳就放心住吧，突然對我這麼客氣反而很傷人。」

范以歆抓住他的衣角低下頭。她有預感，何力揚這次一走，他們恐怕很難再回到過去，心想叫他留下，然而話卻出不了口。

晚上睡覺時間，何力揚拿了涼毯在沙發上睡，而將床讓給她。

「晚安。」他的微笑和往常一般正常，這讓范以歆安心不少。

「晚安。」她說著轉身回到房間。她躺在床上翻來覆去，長時間習慣床旁邊睡著另一個人，此時只有自己一人，久久無法入睡。

明天好好和力揚聊聊，也許他就可以不必搬出去。她暗自心想，這才勉強安心入睡。然而隔天早上范以歆起床時，何力揚已經消失蹤影。

早上，范以歆裝作什麼事也沒發生，照常去上班，午休時收到何力揚的簡訊，告知自己已經和阿猴談過，今天就會到對方家借住。

她不禁後悔要是當初不要好奇跑去時空旅人，或是一開始就和對方說清楚，那麼是不是就不會發生現在的窘況？

何力揚離家後，過了一週，范以歆還不清楚該怎麼處理現況，這日下班，她到醫院探望隨時準備臨盆的姊姊。

「以歆，妳來了呀。」姊姊對她露出微笑。

范以歆望向姊姊渾圓的肚子，一瞬間想起平行時空的自己，再過兩個多月，肚子也會像姊姊一樣，這麼一想不自覺摸向肚子。

「摸著肚子在想什麼？等妳結婚後，不久也會像我一樣吧。我聽媽說過，她竟然逼你們去做婚前檢查。」她姊姊噗哧一笑。

「姊夫人呢？」她刻意換了話題。

「他回去幫我帶換洗衣物。妳怎麼沒和力揚一起來？」

她聽見姊姊這麼問，不禁垂下頭。

「發生了什麼事？」姊姊握住她的手，「難不成吵架了？」

「可能是比吵架更嚴重的事。」

「怪不得昨天力揚看起來不是很開心。」

「他來過了？」范以歆抬頭望向姊姊，姊姊點頭。

「他來過囉，還帶了一些水果。我問他怎麼沒跟妳一起來，他說妳工作忙，所以自己來見我。」姊姊輕拍她的手，「他真是個不錯的人，不過當然妳姊夫更好。」

「知道了、知道了。」范以歆試著忽略姊姊的肉麻話。

「我是認真的，當然還是妳的想法最重要。果然和之前的事有關吧？」

范以歆點頭。

「先不論力揚到底去時空旅人是為了什麼目的，妳呢？妳喜歡他嗎？」

「當然喜歡。」

「那妳在猶豫什麼？」

「姊姊結婚前都不會猶豫嗎？」

「我不清楚妳的情況，我當時並沒有那樣的疑惑。喜歡這種感情很直接，自己喜歡的人是誰，只有自己知道。」

「有沒有可能同時喜歡兩個人呢？」范以歆遲疑了半晌後問。

姊姊睜大眼看著她，輕輕捏著她的手：「沒有什麼事不可能發生。妳有沒有聽說過通常結婚的，都不是自己最愛的人呢？」

「聽過。」

「我其實不相信這句話。人有種劣根性，得不到的便會一直想，誤以為沒到手的才是最好，但那些都只是對遺憾的眷戀。就是因為遺憾，才會把過去錯過和遺失的人事物給美化了。妳不這麼覺得嗎？」

「我不是很明白妳的意思。」

「不必把我的話想得這麼複雜。妳仔細想清楚，對現在的妳來說，誰才是妳最想共度一生的人呢？」姊姊柔聲說。

范以歆離開醫院，隨便買了便當回家。走進家門前，她期待會不會看到何力揚，然而打開門後依舊是黑漆漆、空無一人的家。

「果然沒有回來。」她喃喃自語，打電視讓電視的聲音在房內流動。

她吃過晚飯後，走進臥房看見何力揚的筆記型電腦還留在家裡沒帶走。打開電腦一看，想起最初便是看到電腦上的網站才衝動跑去時空旅人。

「如果當初沒有懷疑他就好了，到頭來最不確定的人是我嗎……」她喃喃自語將脖子上的項鍊拿下來，上頭還懸掛著何力揚向她求婚的戒指。

她回想對方求婚那天，她真的很開心，如果是七年前的自己絕對想不到會有這麼一天。認識了十一年，交往七年，她和他從朋友變成情人。

「七年……」她握著戒指，趴在桌上不小心睡著了。

放在皮包裡的手機發出聲響，她瞬間被驚醒，轉身接起手機，握在手中的戒指不小心滑落在地。

「喂，以歆嗎？」

范以歆聽見熟悉的聲音，不禁吃了一驚。

「力揚，你在哪裡？發生了什麼事嗎？」

「抱歉突然打電話給妳，不曉得妳下個週末有沒有空。」何力揚低聲說道，聲音聽起來有些沙啞。

「當然有空。」范以歆許久沒聽見他的聲音，馬上答應。

「其實是我外婆過世了，我媽希望妳可以到場幫忙，畢竟我是長男。而且我還沒跟我媽提我們暫時分開的事。」

「嗯，我了解了。」范以歆聽到他還沒跟他父母提起兩人現在的關係，不由得鬆了一口氣。

「妳不生氣嗎？」

「不會，我也想幫忙。」

「謝謝，那麼星期天早上七點我回家接妳。」手機另一頭傳來安心的笑聲。

「好。」

兩人結束通話後，范以歆切斷通話，不禁露出鬆了一口氣的表情。當她站起身時，某樣東西從身上滑落。她彎下腰，發現是一張紙條，上頭寫著：「請救救他」

「這是？」范以歆緊盯著紙條，「這是我的字？」

她望著紙條完全想不起來自己什麼時候寫了這張紙條。

救救他？「他」是指誰？

「妳可以到另一個時空，那麼另一個時空的妳難道不會想來這裡嗎？」

她突然想起蔡佳蓉說過的話，但是如果另一個時空的自己跑來這裡，究竟是為了什麼？為什麼特別請她幫忙？

「究竟是怎麼一回事？」范以歆喃喃自語。自從和何力揚分居後，她不想再接觸平行時空，就讓過去的事結束吧。

她決心要趁星期天和何力揚見面時，好好和對方說清楚。她望向手機紀錄星期天約定的時間時，瞥見手機上的日期，想起在夢裡何力揚的外婆也是在這個時間過世。

「平行時空發生的事，在這裡也一樣會發生？」她放下手機撿起落在地上的戒指，抬起頭目光恰巧對上擺放在書桌上自己與何力揚的合照，腦中忽然浮現不祥的預感。

第四章　兩個何力揚

4-1

星期天一大早范以歆就醒了。她換上深色套裝，望向鬧鐘時間才不過六點，她比預定時間早了一個鐘頭醒來，坐在床上，閉眼抱住屬於何力揚的枕頭，上面還留有對方的氣味。

「我該怎麼做才好？」范以歆喃喃自語。

「請救救他」那張紙條的字浮現在她腦海中，她不安地皺眉。得到的線索太少，使她無法明白紙條上的請求究竟希望自己做什麼？

她起身再次看向鬧鐘，距離七點還有二十分鐘。她已迫不及待下樓等候，不料何力揚已經早一步抵達。

「你來了怎麼不告訴我？」范以歆拉開車門坐進副駕駛座。

「我不小心太早來了，怕妳還沒準備好。」何力揚笑得尷尬，顯然是不好意思打給她。

「你可以上樓呀，這裡是你家。」她見他變得如此生疏，內心不禁苦澀。

「我只是覺得應該讓妳有些隱私。」他的這句話讓她更是受傷。

「我早上六點就準備好了，就在等你。」范以歆握住他的手。

「我們先出發吧。」何力揚抽開手有意避開她的話，開車往新北市前進。

「你還沒告訴你媽我們現在的狀況吧？」范以歆望著他的側臉問。

「妳希望我說嗎？」他用眼角瞥著她的臉。

范以歆搖頭。

「我很擔心妳會覺得尷尬。我不清楚妳現在的想法，但我還不想讓父母知道，我想或許、或許我們還會在一起。」何力揚講得十分不肯定，聽起來毫無自信。

「那麼你今天可以回來嗎？我希望你回來。」她凝視他的臉懇求。

「我……」何力揚轉頭望了她一眼，隨即視線又轉向前方，輕敲方向盤，「我想，但我們分開才兩週，我覺得我們還需要更多時間。」

兩人一路上沒再說話，抵達何力揚外婆家時，何媽媽穿著黑色套裝，看起來就和范以歆夢裡所見的裝扮一樣。而四周擺放的花籃也如出一轍。

「以歆，妳來了。」何媽媽對她露出親切的微笑，上前輕輕抱住她，「力揚他姊姊有事，今天不在，所以就麻煩妳幫忙了。」

「沒問題，我很樂意。」

她們一邊閒談一邊走進屋內，何力揚停好車安靜跟在後頭。

范以歆第一次來到這裡，可是房內的擺設令她相當熟悉，她走向靈位前擺放的照片，何力揚外婆的模樣就和記憶中夢裡所見相同。

她拿起香恭敬一拜。

「媽，這位是以歆，力揚的未婚妻，他們年底就要結婚了。」何媽媽站在范以歆身旁，輕拍她的肩膀。

范以歆聽了臉紅，眼角瞥向何力揚，但卻見他搔了搔頭，面露尷尬。

她協助何媽媽準備茶點，到了十點，不少賓客前來，大多數年齡都是范以歆媽媽那一輩的年齡，而其中也包含阿猴和慧婷等人。

「我母親以前是老師，所以不少過去的學生都來拜訪。」何媽媽向范以歆說明，並帶著兒子和她一起向來賓打交道。

何媽媽很滿意范以歆，每每向賓客介紹兒子時，總不忘連媳婦一併介紹。

阿猴等人站在一旁，阿猴偷偷朝何力揚揮揮手，何力揚見了走向對方，兩人站在角落交頭接耳。范以歆不由得注意兩人的舉動。

整個上午，范以歆和何力揚沒有太多交談，他們的好友開始感到可疑，面露疑惑。之前力揚借住在阿猴家，對方不可能不知道他們分開住的事。范以歆心想，同時擔心何力揚是怎麼向其他人說明兩人現在的關係。

「以歆，妳辛苦了。」陳慧婷上前向她搭話。

「沒事，我沒幫上什麼忙。」她堆起微笑。

「我是說你們家。我聽說了，何大帥說你們家漏水，所以你們得分開住，他前陣子不就跑去阿猴家。」

「喔，對，水電工正在處理。」范以歆意識到何力揚幫她圓謊，不由得望向他。

「真是的，偏偏在你們忙著準備婚禮時出問題，結婚後你們還是趕快換一個地方住吧。」陳慧婷拍拍她的肩。

她點頭表示感謝，同時心想那天一群好友前往參加學長的攝影展時，她跑出展覽室後，他們對自己的反應有什麼看法，又是怎麼看待何力揚和學長。她不禁對自己當時魯莽的舉動感到後悔。

到了下午，賓客都已經離去，而阿猴等人則是中午就先一步離開。

「力揚，好好送人家回去。」何媽媽仔細吩咐，揮手道別。她本來想留范以歆住下來，但後來想起離對方的工作地點太遠，最後還是放人。

兩人乘車返回台北市。路途中，何力揚打開音響，音響正在撥放新聞廣播。

「力揚，謝謝你沒告訴阿猴他們關於我們的事。」范以歆面露感激。

「沒什麼，我如果說了，對妳和我不大好，阿凱也會很難做人。」何力揚說著輕聲嘆息。

范以歆明白如果最後兩人分開，事情的真相遲早還是得說。

兩人又再次陷入沉默，車內只聽得到新聞播報員的聲音：「今年秋季氣溫偏高，東南方海域熱帶氣旋發展為輕颱洛基颱風，目前距離鵝鑾鼻東南方兩千公里處，氣象局表示未來洛基颱風將有增強的趨勢，不排除登陸台灣的可能……」

竟然和夢裡一樣。范以歆不禁心想。

車子抵達兩人的家，范以歆解開安全帶，望向何力揚。

「你回來住吧。」她握住他的手，握得很緊，就怕他又把手抽離。

「以歆，這件事我們早上討論過了。」何力揚面露不捨，卻還是拒絕她。

「我知道是我錯了，你可不可以回來？」她伸出雙手抱住他。

「我沒有怪妳，妳怎麼會這麼想？當初是我向妳告白，也是我跟妳求婚。我知道妳喜歡阿凱，可是在畢業前夕還是告訴妳我喜歡妳。這些事是我引起的，我沒有顧及妳的心情，只是不希望妳和別人在一起，就算對象是我最好的朋友。」何力揚輕拍她的背。

「聽著，你說的我都明白。我不否認自己確實有些動搖，畢竟結婚是一輩子的事。可是分開這些天我真的很想你，不管七年前我喜歡誰，我現在喜歡的人就是你，這七年我愛的一直都只有你。」范以歆鬆開雙手望著他，見他依舊毫無反應，深呼吸下定決心又說：「我知道上次攝影展當我看到學長放了我的照片時，我的反應太過激動。其實三個月前我發現你去了偉恩的診所，所以我也好奇去看診，因為治療的原因，我看到太多不一樣的未來，而讓那些事影響了我。」

「以歆，妳去過診所了？」何力揚面露吃驚。

她點頭：「我本來只是好奇你為什麼會去那裡，自己並不想接受治療，但是偉恩勸我，所以我還是透過他到了另一個時空。在那裡我和學長在一起，並且結了婚，這讓我一時感到困惑。但那是屬於另一個時空的事，然而我在這裡，我還是我，而我選擇的人是你。」

何力揚聽了她的話表情掩上一層陰霾。

「以歆，妳沒想過妳會動搖是因為妳對於另一種生活心動嗎？」

「確實另一邊時空的我過得很幸福，但並不屬於我，我在這裡，我的時空是選擇和你在一起，而我想要的人是你，相信我。」范以歆握住他的手。

「如果說七年前是我阻饒妳和阿凱在一起的機會呢？」何力揚嘆氣低頭望著范以歆的手，「我跟妳說過早在向妳告白時，我就已經知道阿凱喜歡妳，但是還有件事妳不知道。在阿凱出國前，我們還說好了一件事，我們約定在他回國前，任何一方都不能向妳告白，而我毀約了。」

范以歆聽見他的自白不禁呆愣不動，茫然張口問：「當時不是你鼓勵我向阿凱學長告白嗎？」

「對，我的確這麼做了。我一開始知道妳也喜歡他時，我心想你們彼此喜歡，身為你們的好友，應該要支持，可是到後來得知妳真的告白後我卻開始後悔。明知阿凱遵守約定沒有回應妳，但我卻利用這點說服妳放棄他，試圖藉此讓妳改喜歡我。我做了很卑鄙的事，一直很內疚，尤其當阿凱回國後，他知道我毀約向妳告白甚至因此得以跟妳交往時，他竟然沒有生氣。」何力揚垂下頭，表情凝重。

范以歆不曉得該怎麼反應。她明白何力揚確實做錯了，如果七年前對方沒這麼做，她現在結婚的對象應該是邱凱翔，而不是眼前的他。

「妳懂了吧？是我破壞你們在一起的機會。」何力揚輕輕撥開她的手，「這樣妳還願意和我在一起嗎？」

「力揚，我……」范以歆遲遲無法回答。

「如果我沒有毀約，你們會在一起，妳在時空旅人看到的夢全部都會實現。對不起，是我毀了妳的幸福。」

「不是這樣，就算學長回來前你沒有向我告白，我和你還是可能在一起。」

「妳也看過另一個世界了，真的這麼認為嗎？」何力揚抬起頭，眼神中帶著憂傷，「我知道妳明白那是不可能的，我也是，因為我看到了跟妳所見一樣的發展。」

「力揚！那我們七年來又算什麼？」

「妳看到那張照片了，阿凱他還是很喜歡妳。妳沒有理由選擇我，現在還有機會回頭，就和偉恩說的一樣。先不論他的催眠還是治療什麼的究竟有沒有依據，妳我都明白如果我遵守了約定，妳最後選擇的人不會是我。」何力揚輕聲嘆氣，「我很感謝七年來妳給我這麼好的夢，也很抱歉影響了妳的選擇，現在該是讓夢結束的時候，阿凱這段時間會待在台灣，這是個好機會，妳應該好好把握。」

「力揚，那你呢？」范以歆望著他，面露心疼。

「放心，我會沒事。」何力揚露出寂寞的微笑，「我還會是妳的朋友，永遠都是。」

范以歆下車後，呆望著何力揚開車遠去，最後什麼話也沒說。她獨自一人回到家裡，不自覺蹲坐在門邊哭泣。

隔天范以歆起床，轉過身何力揚的床位依舊是空的，看到此又想起昨天對方和自己說過的話，習慣了兩人的生活，回復到一人的床，內心感到一陣空虛，不由得抱住對方的枕頭難過掉淚。

我要怎麼做才能讓你願意回來？范以歆在心中喃喃自語。就算明白他們能夠在一起，都是因為何力揚破壞了約定，但不論原因為何，她明白她愛他。

這時她的手機發出聲響，她擦乾眼淚接起手機，來電的人是陳慧婷。

「喂，以歆，妳還好嗎？」

「我沒事。」

「真的？可是妳的聲音聽起來很不妙。」

「我真的沒事，只是有點累。」范以歆靠在床頭，深呼吸。

「我昨晚沒接到妳的電話，剛才才看到簡訊，妳寫什麼『救救他』，害我嚇了一跳。」

「救救他？怎麼又是這句話？」范以歆睜大眼，不禁面露疑惑。

「不是妳傳的簡訊嗎？在晚上快十二點的時候。」

「我……我只有寫這句話嗎？」

「是呀，妳忘記了？」

她聽著電話另一頭陳慧婷的呼吸聲沉思，想起蔡佳蓉說過的話——「妳可以到另一個時空，那麼另一個時空的妳難道不會想來這裡嗎？」

「慧婷，我找時間再打電話給妳。」范以歆急忙說道，起身奔出門外。

范以歆衝出門叫了計程車前往時空旅人，然而她忘記門診並不會這麼早開，從十點才開始營業。

「怎麼辦？」范以歆喃喃自語，望著門診的鐵門，試著撥打上頭標示的電話。

她將頭靠在鐵門上，隱約聽見門內傳來電話聲。電話響了許久遲遲無人接聽，當她正打算放棄時，電話另一頭卻傳來了回應。

「喂，這裡是時空旅人，請問有什麼事嗎？」

范以歆馬上認出對方的聲音，對著手機大喊：「偉恩，我是范以歆，你在診所裡，對吧？」

「怎麼了？妳這麼久沒來，我以為妳不會再來了。」

「我有急事，請你打開門，我需要再接受治療。」范以歆一邊大吼一邊敲著鐵門。

「好，我知道了，別打了，我的門會壞掉。」

偉恩掛斷電話不久，鐵門便打開了。范以歆站在玻璃門外，用一臉淚汪汪的表情望著他。

「發生什麼事了？」偉恩面露吃驚打開玻璃門。

范以歆衝進診所裡，拿出自己的手機，解開密碼翻開簡訊的寄件匣，調出一則簡訊給他看。

「救救他？妳想告訴我什麼事？」偉恩一臉困惑。

「這簡訊是來自平行時空的訊息，是另一個我寫的。」范以歆認真望著他。

「平行時空？妳是認真的嗎？」偉恩輕聲一笑。

「我沒事何必騙你？我見過另一個時空的你，而且另一個時空的你要我轉告：『你的推論一直都是對的』。」

「我的推論？」偉恩愣了幾秒，突然伸手按住她的肩膀反問：「妳說的是真的嗎？把所有經過告訴我。」

范以歆隨著偉恩來到診療室，把在平行時空遇到另一個偉恩的事，還有藉由夢境預知到的事情全部告訴對方。

「妳說何力揚的外婆過世，還有颱風全部都預言到了？」偉恩單手撐著下巴，在診療紀錄上做筆記，一時露出半信半疑的表情。

范以歆點頭說：「我說的全是事實。」

偉恩聽了低下頭，再次抬起頭時露出驚喜的表情。

「我真不敢相信。如果妳說的是真實發生的事，也許妳的意識藉由催眠和平行時空的自己連結。本該平行的兩條線，因為妳而產生聯繫。這是一個了不起的發現。其他人不像妳在治療後還能持續這麼長的時間做夢，也許這正是妳可以發現這個祕密的原因。」偉恩興奮地振筆疾書。

「另一個你也跟我說過類似的話了。事情緊急，快點幫我催眠，我需要再到另一個時空。」范以歆再次高舉手機，秀出上頭的簡訊。

「但是妳有線索嗎？另一個妳只寫了這句話，妳曉得自己說的『他』是誰嗎？」

「不知道，所以才必須再回到平行時空。」

「但妳不覺得奇怪嗎？為什麼另一個妳可以穿越到這裡，卻只待了一下子就離開？」偉恩翻開診療紀錄，眉頭緊蹙。

「你沒辦法穿越到另一個時空，找出原因嗎？」范以歆著急追問。

「別傻了，我穿越的時空一定會和妳前往的時空一樣嗎？更何況我沒辦法幫自己催眠。」偉恩搖搖頭，拿起手上的筆記本又說：「也許是因為另一個時空的妳懷孕了，所以無法長時間接受催眠。」

「我每次抵達另一個時空時，到達的時間點都不一樣。或許這就是她請求我幫助的原因，我可以幫她回到事情尚未發生的時候。」

「但如果真的是平行時空，這麼做究竟正不正確？這會改變歷史。」

「另一個時空的歷史。」范以歆表情認真看著他，「另一個我認為是正確的，那麼我願意相信自己。」

偉恩翻開筆記本，翻到最前面邱凱翔的診療紀錄，回想自己曾經做過的事，不禁面色凝重。范以歆盯著他看，不知道他此刻表情透漏的訊息。

「我從沒想過平行時空會真的存在，當初我曾向研討會提過我的治療可能讓人的意識穿越到平行時空時，沒有半個人相信我。除了他。」偉恩用范以歆難以聽清楚的音量，小聲呢喃。

「所以你到底幫不幫我？」范以歆不理會他的自言自語，急迫問道。

「我可以幫妳，讓妳找出究竟發生什麼事，至於如何改變事件的進展，全都要靠妳自己。」偉恩說著泡了杯奶茶給她。

「果然催眠跟這些茶有關？」

「這是醫療機密。」偉恩露出神祕的微笑，「好了，喝過茶後躺下，想看看最近有什麼令妳難過的事？」

范以歆喝完茶，躺在診療椅上，閉起雙眼的同時耳邊傳來柔和的樂音。

「難過的事，大概是上一次參加學長的攝影展……」范以歆說著漸漸陷入沉睡。

偉恩看著熟睡的范以歆喃喃自語：「這麼久沒再來這裡，想必她早就做出決定。我應該不會又做出什麼多餘的事了吧。」

范以歆的意識沉入平行時空，當她醒來時第一眼看到的是趴在她床邊熟睡的邱凱翔。

「太好了，你沒事。」范以歆喃喃自語。

她本來猜測是不是平行時空的邱凱翔發生意外，所以另一個自己才會穿越時空找人幫忙拯救丈夫，見到對方平安無事，不禁鬆了口氣。

她試著伸手碰觸邱凱翔時，發現自己手上出現點滴的針線，抬頭環顧四周，這才注意到自己人在醫院。

「請救救他」這句話再次浮現在腦海中，她慌張低頭看向肚子，肚子依舊渾圓，輕拍胸口安定情緒。她輕撫肚子，慶幸平行時空的孩子仍平安無事。

也許根本什麼事也沒有發生。范以歆試圖說服自己，然而她也不得不承認，她很可能根本還沒接觸到事件。

「以歆，妳醒了？」邱凱翔睜開眼望向她，眼神中帶著憂傷。

范以歆看著他，來到平行時空這幾個月受到這裡的自己影響，她對他的愛變得濃厚，忍不住握住他的手。

「我怎麼會在醫院裡？」她問。

「妳突然昏倒，所以才帶妳來這裡打點滴。」邱凱翔微笑，但他的笑容似乎不是那麼快樂。

「突然昏倒？」

「可能是妳快到預產期了吧。」邱凱翔起身替她擦去額頭的汗水。

范以歆盯著他看，無法抑制內心的不安。她總覺得對方有事隱瞞自己。

「真的只是這樣嗎？」

「當然。」邱凱翔輕捏她的手。

「那為什麼你眼睛紅紅的？」范以歆舉起手輕觸他的眼角，感覺對方意圖迴避問題。

這時病房外傳來急促的腳步聲。

「以歆醒來了？」陳慧婷出現在門口，慌張進房。

「怎麼了？」范以歆緩緩起身，只見陳慧婷突然衝向前，抱住自己。

「慧婷。」邱凱翔望著相擁的兩人，對著陳慧婷搖搖頭，似乎在暗示什麼。

范以歆越過陳慧婷的肩膀，看見門口出現小康和溫妮等人，然而卻不見何力揚的身影。

「力揚？力揚人呢？」范以歆看向邱凱翔，希望他告訴自己對方沒事，然而邱凱翔卻沉默不語。

范以歆望向小康等人，他們也一樣雙眼發紅，而阿猴則不斷擦拭眼角的淚水。

「力揚他……」溫妮遲遲說不下去。

「他發生什麼事？」范以歆望著他們，卻得不到答案。

她拔掉點滴，爬下床。她還無法習慣平行時空裡的身體，好些日子沒來到這裡，身體變得更加沉重，她不顧邱凱翔的阻撓，硬是衝出房間外。

在她望向醫院長廊的瞬間，整個人跪在地上。她腦海浮現出前一小時發生的景象。

救護人員推著病床急速往前奔馳，而邱凱翔跟隨在病床旁，床上的人全身沾滿鮮血，一隻手垂掛在床邊。醫生急忙吩咐開道，並準備急診室急救。

「力揚，力揚人怎麼了？急救後，他人呢？」范以歆哭喊著，緊抓住上前將她扶起的邱凱翔。

他沒有回答，其他人也陷入沉默。她知道這就是答案。

她在邱凱翔的攙扶下回到床上，護理師重新幫她掛上點滴。待她冷靜後，他們才告訴她昏迷前究竟發生了什麼事。

何力揚在颱風夜酒駕，不小心和一輛貨車相撞。在事發前，何力揚傳了一封疑似道別的簡訊給范以歆，她感覺不妙，將簡訊的事告訴邱凱翔。邱凱翔得知後，打電話給何力揚，但對方手機卻關機，而聯絡何媽媽，對方說兒子並不在外婆家，不久便接獲醫院通知，趕來醫院時便看見渾身是血的何力揚。經過醫生急救後，生命無大礙，然而卻陷入昏迷。

「讓我看看簡訊上寫了什麼？」范以歆望向邱凱翔。邱凱翔本來不願意，但最後還是屈服於她，將手機交上。

她翻開簡訊，最新一則就是何力揚的簡訊：「以歆，身為妳的朋友，我很高興妳過得快樂。我永遠都是妳最好的朋友。」

她翻開寄件匣，和預料相同，平行時空的自己留了一封寄送失敗的簡訊——「傻瓜，我也是你的朋友，不管我們身在何處，你也都是我最重要的朋友。」

「他為什麼不等我寄出簡訊？」范以歆緊握手機，眼淚滑落，又問：「醫生有說他什麼時候會清醒嗎？」

「醫生說要看奇蹟了。」溫妮搖了搖頭回應，隨即被小康輕撞手臂，暗示她少多嘴。

「奇蹟？那不就是指他變成植物人了？」范以歆絕望地垂下頭，將頭靠在膝蓋上忍不住啜泣。

「放心，他可是何大帥，一定會醒來。」陳慧婷努力安慰她。

「我想去見他。」范以歆擦去眼淚，堅定說道。

「以歆，妳應該好好休息。」小康勸說。

「我現在就想見他。」范以歆堅持道。

「就讓她和力揚見一下面吧。」邱凱翔表情凝重，扶著范以歆走出病房。

溫妮本來想跟去，但小康搖頭低聲說：「讓他們三人獨處吧。」

范以歆在邱凱翔的攙扶下走出病房，他們搭上電梯前往六樓。走出電梯外，看見何媽媽一臉憔悴坐在等候區，一旁何力揚的姊姊正在安撫她。

他們沒和兩人交談，只是靜靜往病房前進。

病房裡，何力揚的臉有多處瘀青和劃傷，身上插滿管線，右手臂和左腳綁上繃帶。范以歆站在門口眼眶已經模糊，她雙腳顫抖走向何力揚，握住他的手跪地哭泣。

「你這個傻瓜，大傻瓜！為什麼這麼不愛惜自己？」

邱凱翔默默守在她身旁，輕拍她的背。

「放心，我是來救你的，一切都會沒事。」范以歆輕聲說道，身體已經無法承受過度的驚嚇，上半身一傾倒在邱凱翔的臂彎，昏了過去。

「力揚！」范以歆躺在躺椅上大叫一聲，隨即清醒。

「以歆，妳回來了？說回來了似乎有點奇怪。」偉恩走向她，拿了一杯水。

「偉恩，我現在必須趕快回去另一個時空，力揚發生車禍，我得回去救他。」

「別著急，這麼頻繁進入平行時空對妳也沒有好處，妳不如先想想回去後該怎麼做。妳可別忘了自己在那一頭還是孕婦，難道要衝到車子面前擋車嗎？」

「不然你說我一個人怎麼辦？」范以歆淚汪汪地看著他。

「妳先別哭，冷靜點。」偉恩見她哭了，不禁慌張安撫。

「對了，找你幫忙呢？平行時空的你或許可以幫我阻止車禍發生。」范以歆緊握住他的手。

「比起我，妳應該有更好的人選，不是嗎？」

「更好的人選？」范以歆靜默擦拭眼淚。

「比如說邱凱翔。」偉恩對她露出微笑。

「不行啦，如果要學長幫忙，那豈不是要讓他知道關於平行時空的事？」她不想讓他知道自己很狡猾，曾經想一次擁有兩種人生。

「但這是幫助何力揚最好的方法，比起我，邱凱翔更了解他。」

范以歆按住額頭閉眼深思，隨後點頭：「我明白了，但還有一件事我想確認。」

「什麼事？如果我幫得上忙，都會儘量協助。」

「讓我看看力揚的診療紀錄。」范以歆朝他伸出手。

偉恩聽了她的要求，不禁面有難色。

「我是他的未婚妻，有什麼不方便讓我看的嗎？」

「但你們不是已經分居了，還未必會結婚。我怎麼能給妳看？」

「現在不是這個問題，這可是攸關生死的事，你難道忍心知道有人會遇到危險，卻什麼也不做嗎？」范以歆瞪著他看。

偉恩拿她沒辦法，嘆了口氣。

「事實上，何力揚並沒有像妳想像中那樣頻繁來診所治療。」他翻開何力揚的診療紀錄，突然皺起眉頭，「因為他的治療有些特殊狀況。」

「特殊狀況？不是每個人都可以進入平行時空更改過去的選擇嗎？」

偉恩聽了她的問題搖了搖頭：「他只有進行三次治療，後來大多數只是重複平行時空同個時間點發生的事。」

「為什麼他和其他人不同？」

「其實催眠本來就因人而異，而他的情況是無法看到平行時空後來發生的事情，所以一直在重複治療。今天妳來了我才明白他為什麼看不見未來，這原因很可能是因為他在那個時空的某個時間點意識已經不存在了。」偉恩的表情沉了下來，並將何力揚的診療紀錄擺在她面前。

紀錄的內容不多，而他的分歧點事件上記錄著「告白」二字。

「告白？」范以歆瞪大眼睛望向偉恩，「他後悔的事件是向我告白？」

「他跟我說，他背棄與好友的約定向妳告白，這件事他七年來一直很慚愧，得知有平行測量的治療後，他便經常來這裡，前幾次治療失敗是因為他總是不敢面對另一種結果，做出和原本時空一樣的決定向妳告白，而失去治療的意義，因此重複好幾次才達成目的，讓他忍住不向妳告白。至於他的平行時空後來發生什麼事，恐怕和妳夢裡所見一致。」

范以歆想起何力揚和自己坦白的事，不禁緊咬下唇，面露憂愁。

「我們先釐清整起事件發生的時間和可能的分歧點吧。妳知道事故確切發生的日期嗎？」

「十月二十八日晚上九點至十點之間，事故原因是酒駕，我想只要讓他避免喝酒，或許事故就不會發生。」范以歆回憶在另一個時空的記憶回答。

「我明白妳的想法，妳把酒駕當作是事故的分歧點。這麼說不完全錯誤，但我認為應該將原因往前推，例如他為什麼喝酒，不然同樣的事件還是可能會在往後的時間發生。」

「他寄給我的簡訊和事故有關？」

偉恩點頭：「我擔心的是妳就算讓他逃過十月二十八日的事故，但有一天他還是可能會做出一樣的行為，如果妳要拯救他，就必須從根本下手。」

「那我回到最初的分歧點，接受他的告白，他會不會就沒事？」

「平行時空有種理論叫必然事件，例如何力揚的外婆不管在哪個時空，都會在今年過世。同理而言，就算何力揚不喝酒，仍然可能遭遇事故。我無法保證妳這麼做救不救得了他，更何況一旦妳選擇接受他的告白，改變這個時空，必定得犧牲另一個人。」偉恩指向她的肚子。

范以歆摸著扁平的腹部，想起另一個時空的自己已經有小孩了，要是她更改平行時空的過去，那麼孩子便會消失，而且她若接受何力揚的告白，那麼另一個時空的自己就不會和邱凱翔在一起，這一定不是平行時空的自己希望得到的結局。

「這個也不行、那個也不對，那我該怎麼辦？」范以歆焦急地埋怨。

「我想最好的方法就是不要逃避必然事件。」

「什麼意思？不讓他逃開車禍，不就是要他死嗎？」范以歆緊抓住他的手臂。

「妳先別急啦，聽我講完話。我是說讓事故照常發生，可是減輕事故的嚴重性。」

「車禍都發生了，哪有可能減輕傷害？」

「動動腦筋。」偉恩輕敲她的頭，「像妳之前說的，他發生事故的原因是酒駕，如果把酒的因素抽開，他當下是否會加快反應時間，早一步回避貨車，如此一來他的傷就會減輕了，不是嗎？如何讓必然事件的傷害降到最低，這問題得由妳思考。如果妳找出原因，或許在兩個時空，何力揚都能避開危險了。」偉恩輕聲嘆氣，從抽屜裡拿出一小包藥塞在她手中。

「這藥妳拿著，之前我也曾經開給妳，如果今晚沒做夢再吃，吃了會有和在這裡催眠類似的功效。睡前吃，記得一次只要吃一顆，多吃會有嗜睡之類的後遺症。」

范以歆低頭望向手上的藥包，裡面放著粉紅色的圓形藥丸。

「時間不早了，妳趕快回家休息，也許晚上妳又會有機會進入平行時空。這是我的手機號碼，有急事可以聯絡我。」他快速抄了一張紙條交給范以歆。范以歆接過紙條，遲遲捨不得走。

「范小姐，現在已經不早了，我也要準備診所營業。既然妳可以重返平行時空的過去，就先好好想清楚怎麼解決吧。」偉恩抓住她的手腕，硬是將她帶出診所外。

范以歆沒辦法只好認命回到公司上班。

她前往公司的路上，一直思考偉恩說過的話，忍不住打電話給何力揚。電話響了許久，在她要放棄時，電話才接通。

「以歆，突然打來有什麼事？」何力揚的聲音聽起來很低沉，像是剛睡醒。

「你可以答應我不喝酒嗎？」她語帶鼻音。

「怎麼這麼突然？」

「不管怎樣，絕對不可以喝酒開車，答應我好嗎？」

「我聽不懂妳在說什麼。」手機另一頭傳來嘆息聲。

「總之答應我就對了。」

「好吧，我答應妳，我會注意少喝酒，也不會喝酒開車。」何力揚發出輕微安心的鼻息聲。

「好。」范以歆聽著他的聲音微笑，「不管你說什麼，我還是很愛你。」

何力揚停頓許久回應道：「我也是。」

范以歆下班回到家，快速洗好澡便躺上床準備入睡。她睡著沒多久已墜入夢境，夢裡她來到一間純白的房間，房間中央放置著一座棺材，走向前，只見何力揚靜靜躺在棺材裡，身邊擺滿花束。

「力揚！不對，他們說過你昏迷了，但你還沒死！快醒來！」范以歆跪在棺材旁不停拍打他的臉頰。

「以歆，妳就讓他走了吧。」邱凱翔突然出現在她背後，她轉過頭握住對方的手，「阿凱學長，你快幫我把他叫醒，他還沒死。」

四名身穿黑西裝的男人趁她離開棺材時，將棺材蓋上，抬起棺材往前方的火爐前進。

「等一下，他還沒死，你們快放下他！」范以歆追上前抱住棺材。

黑衣人不理會她，連著她將棺材往前送，但她始終不肯放手，只感覺前方的火焰燃燒得愈來愈劇烈，朝著臉頰迎面而來。

她嚇了一大跳，倏地驚醒坐起身，回想夢境裡何力揚躺在棺材中的模樣，不禁冒冷汗。她仔細回想，在夢裡自己的肚子是平的，明顯不是平行時空，只是單純的夢。然而這個夢卻讓她感到不安。

她望向鬧鐘，此時已經是早上五點半，沒能進入平行時空，讓她很沮喪。

「今天向經理請假好了。」她喃喃自語，拿起手機準備傳簡訊時，發現手機上的記事本被打開，上頭打了幾個字：「10／26和力揚吵架」。

她隨即意識到，當她自己睡著時，另一個時空的自己出現了，是對方留下了這段訊息。另一個自己能逗留的時間不長，留下的線索太少。她不清楚吵架的原因，甚至不認為自己會和何力揚吵架。

「再多一點線索就好了。我需要知道他在哪條路出事呀。」范以歆屈膝抱住雙腿，設想各種方法。

她想過讓自己和何力揚一起坐在車上，但是如果她也連帶發生意外，說不定就無法回到原本的時空，更無法再回去拯救何力揚，小孩也會被拖下水。

她傳了簡訊向經理請假，簡單吃了早餐。依照偉恩的指示，他給的藥只能睡前吃，早上她無法進入平行時空，但要她乾等只會心情煩躁。她索性換好衣服出門散心，一邊思考辦法。

她不知不覺來到華山文創邱凱翔攝影展的地點，平日這裡沒什麼人潮，她可以輕鬆地入場觀賞。攝影展總共請了三名攝影師進行展覽，她走向邱凱翔的展區一張張美麗的人文風景，這些年學長的拍攝技術已經遠超出過去，從單純的興趣變成專業，這是在另一個時空未能有的發展。

「在這個時空，力揚和學長的角色對調了。」范以歆喃喃自語，走到自己的照片前。這幅照片她本以為會被換下來，然而現在仍好端端掛在展示牆上。

這麼多出色的照片，最後卻選了這一張，她不由得感到害臊。

如果在這個時空，倒過來變成學長出意外怎麼辦？范以歆突然浮現這個想法，慌張撥打電話，電話響了幾聲，她突然聽見空蕩蕩的展覽室傳來手機鈴聲。

她轉過身，見到邱凱翔就站在身後準備接起手機。此時兩人的視線相交。

「學長？」

「以歆，妳怎麼來了？今天不用上班嗎？」邱凱翔一臉吃驚走向她。

「我今天有點事，所以請假沒去上班。」范以歆切斷通話，對他露出微笑。

「抱歉，我應該將這幅照片收起來，但是展覽管理人說這裡空下來不好看，而我又臨時找不到其他適合的照片更換。」

「沒關係，就讓它放著吧，我難得有這麼上相的照片。」她微微一笑。

「那天之後沒有再和妳聯絡，我也覺得很過意不去。」

「不是什麼大不了的事，你別在意。」范以歆搖頭，再次望向照片，「學長有想過自己不是攝影師的人生嗎？」

「有過。有時為了工作四處旅行時，不禁會想像另一個時空，在那裡我可能只是一般的上班族，可能有更穩定的生活。」邱凱翔凝視著她的臉。

「我也做過類似的想像，在另一個時空，和我交往的人是學長而不是力揚。那是一個平凡可是滿足的生活，我挺喜歡那種日子。」

「但那不該是屬於這個時空的發展。」邱凱翔露出寂寞的微笑。

范以歆避開對方的視線，點了點頭。

「我這七年一直和力揚在一起，已經沒有任何辦法能抹去這段回憶，在這個時空我早就做出選擇，不管他是不是違背了約定。」

「不論如何，妳都會選擇他，對吧？」邱凱翔微微嘆息。

范以歆點頭微笑。

「既然妳已經愛上他，我也只好退下。」邱凱翔笑著輕拍她的肩。

「請你好好收下。」她從皮包裡翻出一個略顯褪色的平安符，放在他面前。

邱凱翔面露疑惑，低頭望向手中的平安符，上面用黃線繡著交通平安。

「這個妳帶很久了吧，給我好嗎？」

「我想給你，希望你帶著保佑平安。」范以歆握住他的手，「我在另一個時空，因為有你所以過得很幸福，而在這裡你是我很重要的人，我也希望你幸福。你的幸福……」

「就是我的幸福，對吧？」邱凱翔在她說完話前接下去說道，「我相信另一個時空的我，也是因為妳過得很幸福。」

他伸手抱住她：「我不曾後悔我的決定，但並沒有一刻不感到不捨。謝謝妳來這裡見我，也謝謝妳曾經喜歡我。」

「我也是。」范以歆回抱住他。

「好好抓住力揚吧。他是個又傻又死腦筋的傢伙。」

「我會的。」

「嗯，我相信妳可以做得到。」邱凱翔鬆開她，望著她的臉會心一笑。

范以歆轉身離去前，對著他說：「我一直都會是你的粉絲，你一定可以找到比我更適合的模特兒。」

邱凱翔點頭，揮手目送她離去。

「你聽見她說的話了吧？」他轉身望向躲在角落的人影，低聲說：「你不必再對我感到愧疚了，在這個時空她不會屬於我。」

他說著珍愛般地握住手中的平安符。

4-2

下班時間，何力揚打卡準備走出公司，經過公司櫃台時，突然被櫃台服務人員叫住。

「何先生，麻煩過來一下。」

他面露疑惑走向櫃台，只見對方從台下拿出一大串平安符，紅色、黃色各式平安符從龍山寺到天后宮和一些地方土地公廟求來的符被紅線纏繞。

「這是什麼？」何力揚露出一臉驚嘆的表情。

「剛才一位漂亮的小姐留在這裡，說是要給你帶著用。總共有十二個平安符，看來跑了不少地方。」服務人員笑出聲。

「難道是以歆嗎？」何力揚喃喃自語。他伸手接過平安符時，還可以嗅到上頭的線香味，連火爐也過了。

「謝謝你。」何力揚微笑向對方道謝後，將平安符好好收進公事包，轉身離去。

范以歆為了求平安符東征西跑，回到家時，發現自己身上充滿廟的香火味。她向來不是迷信的人，然而到了這種時候，卻又不得不迷信。

「十二個，應該很足夠了。」她自言自語，走進臥房拿換洗衣物。

在她走進浴室時，手機鈴聲大作。她腦海中閃過何力揚渾身插滿管線的模樣，慌張接起手機。

「喂？發生什麼事？」她對著手機大叫。

「妳突然大叫我才想問妳發生了什麼事。」

她聽見是何力揚的聲音，不禁鬆了一口氣。

「我收到妳的平安符了。」

「你有把它們好好掛在車上嗎？」

「有啦，放心。」何力揚嘆了口氣，「今天沒去上班嗎？」

范以歆傻笑。

「妳是怎麼了？昨天通過兩次電話，突然又給我一大串交通平安的符。」

「兩次電話？我不是只打了一次？」

「妳竟然忘了，妳可是嚇到我，害我擔心得睡不好。妳忘記自己凌晨又打了一通電話給我嗎？甚至還哭了，命令我不可以開車，這樣很毛耶。」

「凌晨幾點？」

「大概是四點半吧，妳打來之後我根本睡不著。算了，妳沒事就好。妳應該不是因為我們分手，以為我會尋死吧？」他苦笑。

「才不是。」范以歆心虛地快速反駁。

「不是就好。我可不是那麼軟弱的人。」

「我知道了。」

「沒事早點休息。」

范以歆結束通話，回想兩人的對話。她本來以為何力揚是因為傷心過度，所以喝酒出車禍，但是剛才的通話提醒了她，何力揚並不是會做出自殺這麼強烈舉動的人。她必須找出真正導致何力揚發生車禍的分歧點，如果車禍是必然事件，她也必須想辦法讓何力揚減輕車禍的傷害。

范以歆為了爭取更多時間，晚上九點早早便吃藥上床睡覺。她的意識隨著藥效飄往平行時空，當她睜開眼時，聽見耳邊傳來鬧鈴聲響。

「吵醒妳了嗎？」邱凱翔站在床邊按掉手機鬧鈴。

她搖搖頭坐起身，發覺自己的身體變得很沉重，確信自己來到平行時空，不禁鬆了一口氣。

「今天是幾號？」

「十月二十六日。」

「二十六號？」范以歆喃喃自語，這一天不就是另一個自己提示的日期嗎？

「我發現妳最近有些健忘，老是在問我今天幾號。」他微笑靠向前親吻她的額頭。

另一個自己在這裡真的很幸福。她心想。

「吵架是在今天，車禍是在二十八日。」范以歆低語。

「妳說了什麼嗎？」

「你今天不用上班？」她瞥向時間，現在已經是早上八點半。

「本來是要，但我們約好今天要去醫院檢查，所以請假了，而妳也在產假，自己忘了嗎？」邱凱翔微笑，「我先去做早餐，妳可以再小睡一下。」

范以歆點點頭，目送丈夫走出房間後起身更衣。衣櫃裡的衣服讓她感到陌生，因為都是寬鬆的孕婦裝。

她心想自己既然都請產假了，究竟還會有什麼原因和何力揚爭吵呢？

吃過早飯，她隨同邱凱翔前往醫院檢查。她第二次進入平行時空時也曾來過這裡。走進診療室，邱凱翔扶著她躺在躺椅上，護理師替她在肚子抹上涼涼、透明的膠狀物。

「要滿八個月了，會緊張嗎？」醫生微笑。

「有一點。」她回答，內心不自覺感到寂寞。

「第一胎大家都是這樣，沒什麼好擔心。」醫生拿起感應器在她的肚皮上滾，這讓她感覺癢癢的。

「現在比第一次還要清楚呢。」醫生指著螢幕，嬰兒的手腳已經清晰可見，還可以看見緊閉的眼睛。

范以歆不禁替自己感到喜悅。

邱凱翔握住她的手，眼神中充滿愛意。她回望著對方，心裡不禁有些不捨。

檢查結束後，兩人走出診療室，經過等候區時卻驚見何力揚。

「力揚，你怎麼會在婦產科？」范以歆問。她見到對方平安無事，鬆了口氣。

「我姊姊懷孕，姊夫恰好出差，所以我陪她來。」何力揚回答。她聽了才注意到對方身旁的人，何力揚的姊姊正對他們揮揮手打招呼。

范以歆想起在何力揚外婆家處理喪事時一直沒看見他姊姊，原來是剛懷孕，所以避開儀式。

「我才剛滿兩個月，還不像妳這麼辛苦。我弟就是愛操心，都跟他說不用來了。」何力揚的姊姊望向兩人，同時輕拍弟弟的背，「他都二十九歲，連個女朋友都沒有，我還比較擔心他呢。」

「男人不管幾歲都可以結婚好嗎？」何力揚臭著臉說。

「但前提是要有人願意愛你吧。」他姊姊笑著反駁。

「二十二號，何郁琇小姐。」一旁傳來護理師叫號。

「我們先進去了。」何力揚說著準備起身，但卻被姊姊攔下。

「我自己進去就好，要是被誤以為自己弟弟是我丈夫會怪不舒服的，你們在外頭聊吧。」她說著自行起身走進診療室。

「你看你姊也很關心你的感情生活。」邱凱翔微笑。

「是你們管太多了，我什麼時候交女友、什麼時候結婚跟你們沒關係吧。」何力揚嘆氣。

「大家只是關心你，別多想。」范以歆走到他身旁坐下。

「是呀，早點找到喜歡的人，以你的條件對方應該很難拒絕吧。」邱凱翔走到另一邊坐下，夫妻倆將何力揚夾在中間，使他面露尷尬，三人不禁陷入沉默。

范以歆擔心他不開心，趕緊又說：「力揚，二十八日有空嗎？到我們家一起吃飯，難得你在台灣，大家聚一聚嘛。我可以找小康學長他們一起來，很熱鬧，會很有趣。」

「我真的搞不懂你們在想什麼？阿凱，不論我過去是不是喜歡過以歆，有沒有向她告白，這些事都過去了。你不需要感到愧疚，你沒有欠我，欠你的人是我。」何力揚嘆氣，「在我準備去新加坡前，我曾經背著你偷吻過范以歆。明明你們在交往，我卻做出背叛你的事，所以你不必再理會我了。」

何力揚留下呆愣在原地的兩人，起身迎接自診療室出來的姊姊。

「我們回家吧。」他摟著姊姊的肩，背對兩人。他姊姊似乎聽見三人的對話，也不敢回頭看，只是乖乖跟著弟弟往電梯的方向走。

「力揚！」范以歆無奈地目送他離去。

「現在追上前他只會更生氣吧。」邱凱翔嘆氣將手搭在她肩上，卻突然發現她的肩膀在發抖。

「放心，他說的那些話我並不生氣，但說不介意是假的。」他握住她的手，「妳選擇不說也有妳的理由，如果換作是他吻我，我也不會告訴妳。」

范以歆聽了忍不住笑出聲：「這一點也不好笑。」

「但對妳很有效。我們回家吧。」

邱凱翔扶著她走出醫院，開車返回家。

抵達家門時，邱凱翔解開安全帶，望向范以歆見她遲遲不下車。

「妳還在擔心剛才的事嗎？」

「對不起，我沒告訴你過去力揚和我發生的事。」范以歆握住他的手。

「我說過我不會因為那件事生妳的氣。」

「那你生力揚的氣嗎？」

「妳希望我不生氣，我就不生氣。」他深呼吸，「雖然剛聽到的時候我很震驚，同時也很不爽，但已經是過去的事，現在追究也沒意思，更何況這段三角戀獲勝的人是我。」

他靠向前以唇輕觸她的鼻頭：「這樣就算一筆勾銷。」

「學長，我還有一件事想告訴你。」范以歆露出嚴肅的表情。

「怎麼了？」他見妻子表情認真，不由得收起笑容。

她緊握他的手，凝視著他：「我不是你認識的范以歆。」

「妳不是以歆，那會是誰？」邱凱翔笑出聲，不把她的話當一回事。

「我是范以歆，但不是你認識的那一個。」范以歆深呼吸，她明白要讓學長相信自己的說詞並不容易。

邱凱翔笑出聲，然而見她沒笑不禁收起笑容。

「妳是認真的？」

她點頭：「學長，我不是你認識的范以歆，而是從另一個時空來的。」

「這怎麼可能？」邱凱翔依舊面露不可置信。

「有可能。我就穿越來到這個時空好幾次了。」

邱凱翔靜默不語，凝神注視她，蹙眉輕撫她的臉頰：「意思是妳從平行時空來的嗎？」

「你可能很難相信，但我真的不是屬於這裡的人，我的意識透過催眠來到這裡取代自己。我收到這時空的自己留下的訊息，她要我來改變力揚的命運。」范以歆見對方一臉茫然，不禁問，「你願意相信我嗎？」

「我該怎麼理解現在的狀況？」邱凱翔將手挪開她的臉。

「後天力揚就會遭遇車禍，所以我來這裡是要阻止車禍發生。」

「車禍？妳從未來來的？」邱凱翔依舊未能理解她說的話。

「不是，我說過了，是平行時空。從我的時空可以來到你們時空的過去，也就是說我去過了你們的未來，現在又出現在這裡。」

邱凱翔聽得一頭霧水。

「總之，我知道力揚在二十八日一定會遇上車禍，而我就是要救他才來到這裡。你願意相信我，協助我救他嗎？」

「我有點難以相信，妳從平行時空來，那原本的以歆呢？」邱凱翔回握住她的手，面露擔憂。

「她還是在這裡，只是現在我取代她的意識。」

「所以妳回去自己的時空後，她還會回來，對吧？」

范以歆點頭，邱凱翔見了不禁鬆一口氣。

「所以你相信了嗎？」

「大概一半，只是沒想到會有這種事。前些日子妳常常會用過去的方式稱呼我，表情和態度也很不一樣，竟然是這個原因。」

「你真的願意相信我？」

「比起相信，應該說我願意幫助妳。不管平行時空是不是真的存在，我也不想拿朋友的安全做賭注。但要我幫忙前，妳可以告訴我整件事情的來龍去脈嗎？」

范以歆點頭答應，兩人回到家中。她告訴他這三個月來，往來於平行時空發生的事。

「所以說，在另一個時空我們並沒有結婚？」邱凱翔望著她問，表情吃驚。

她認真點頭，內心不禁興起腳踏兩條船的罪惡感。

「或者應該說，這個時空會產生很可能是因為我更改過去的一個分歧點，所以才會出現。」

「妳為什麼會想更改那個分歧點？」邱凱翔望著她，表情困惑。

范以歆面露心虛低下頭：「和我剛才說的一樣，我在原來的時空本來是要和力揚結婚，但是因為我猶豫了，才會到時空旅人接受治療，將過去我和他交往的分歧點做了變更。」

「也就是說，在原本的時空，妳曾經打算拋棄力揚，改選擇我？我可以這麼認為嗎？」

「幹嘛說得這麼難聽？」范以歆蹙眉，隨即低下頭，「抱歉，你說的對。我最先喜歡的人是你，後來得知你其實也曾經喜歡我，所以我一時猶豫了。」

「妳想要比較兩邊的生活，哪一個才是自己想要的，所以來到這裡？」

「有很多原因，但你說的確實沒錯。」她一臉羞赧地再次點頭。

他安靜半晌後說：「所以妳最後做出選擇了嗎？」

她聽見這個問題吃了一驚，被口水嗆到忍不住咳嗽。

「好吧，這件事暫時不提。等度過十月二十八日有時間我再問妳。」邱凱翔輕拍她的背，「妳說說看我們要怎麼做才好？」

「車禍發生的時間是十月二十八日，當天放了颱風假，事故發生在晚上九點到十點之間，原因是酒駕。我們要做的是讓傷害減輕。」

「酒駕……力揚不像是會喝酒開車的人，為什麼會酒駕？發生了什麼事，讓他突然必需要開車？」

「這段時間力揚住在他外婆家，我們必須知道到底是什麼事讓他必須跑出門。」

兩人陷入沉默後，邱凱翔開口道：「我猜測當天因為颱風放假，力揚待在外婆家休息，喝了點酒，臨時接到什麼重要的電話才不得已出門。」

「嗯？這次颱風會放假嗎？」范以歆揉揉眼睛，對他露出一臉困惑，表情像是剛睡醒。

邱凱翔對她這樣前後矛盾的回應，瞬間明白在這對話前後兩個范以歆又對調回來了。

「啊！」范以歆躺在床上瞬間驚醒，發現房間已經被太陽照亮，而自己身在與何力揚同居的套房。

「可惡，怎麼在這時候醒來？」她拿起手機，心想不好再向公司請假，同時又擔心下一次進入平行時空能不能趕在車禍發生之前？

她盯著手機發呆，上面顯示出時間：十月二十二日。

「距離二十八日還有六天。」她喃喃自語，隨即撥打電話給何力揚。

「以歆，又怎麼了？」何力揚發出像是剛睡醒的聲音。

「二十八日晚上跟我吃飯。」

「怎麼這麼突然？我昨天晚上不是已經答應過妳了？」

「昨天晚上？」

「是呀，妳晚上十點打給我，說什麼颱風天會放假要來我外婆家找我，妳怎麼知道會放假？」

「你最近有什麼計畫嗎？例如晚上突然要開車出門？」范以歆忽略他的問題，又問。

「計畫和突然兩個詞矛盾了。突然發生的事，我怎麼會知道？」何力揚語帶困惑。

「那你什麼時候會用到車？」

何力揚被她不停追問，忍不住嘆氣：「用車？嗯……下雨時一般都會用到車吧。」

「你的回答太隨便了，颱風天當然會下雨呀，你這麼說要我怎麼知道你為了什麼原因開車？」

「妳這麼激動我也不明白是怎麼一回事。二十八日都給妳了，我今天下班還要去接我姊，得趕緊去公司完成今天的工作。」

何力揚說完便切斷通話。

「他應該沒有生氣吧？」范以歆嘆了口氣，但把二十八日訂下來後，她的心情輕鬆不少，只好先準備上班。

出門前，她收到何力揚的簡訊，上頭寫道：「雖然我不知道妳在擔心什麼，但我保證我會沒事。」

范以歆望著手機上的字會心一笑，同時心想何力揚去過時空旅人，如果知道自己無法看到未來是因為在平行時空出了車禍，不曉得會有什麼想法？

午休時間，范以歆和同事吃飯時，突然接到偉恩的電話。

「喂，范小姐嗎？我是偉恩。」

「嗯，我知道你是誰。」

「最近睡得好嗎？」

「我去過了，但是我只待到二十六日就醒來，還沒來得及到二十八日。」范以歆壓低聲音，免得陳誼如等人發現她說了奇怪的話。

「我打電話給妳，是想告訴妳一個新的辦法。」

「什麼？快說！」范以歆聽見好消息，雙眼睜大。

「我猜想如果建立新的分歧點，未來將會往不同方向發展，或許就有辦法避開必然事件。」

「新的分歧點……」范以歆覆誦。

「分歧點的定義就是足以大幅度改變對方行為的事件，例如說本來要去上班的母親因為孩子生病而待在家裡，或是因為遊行抗議而換不常走的路上班。另一種就是讓人心理狀態動搖的事件，例如得知男友劈腿、公司破產。但如果分歧點不夠重大，最後還是很可能讓必然事件發生。」

「你的例子都沒有正面的案例嗎？」范以歆忍不住發出煩躁的咂舌聲。

「當然也有，只是負面的比較容易理解吧。」偉恩苦笑。

「好，總之我明白你所謂的分歧點。」

「另外我還想提醒妳，必然事件導致的因素一旦被更動了，就一定會有新的因素產生，這點請務必注意。」

「好，我知道了，我會謹慎處理。」

范以歆結束通話後，發現兩名同事正緊盯著自己看。

「妳果然很奇怪，好不容易看妳沒再上班突然打瞌睡，現在又不知道在講什麼異常的話。」陳誼如盯著她看，眼神中充滿質疑。

「昨天難道是裝病嗎？以歆姊，這樣不好喔。」蔡佳蓉搖搖頭。

「妳該不會又跑去平行時空旅行了吧？」陳誼如以半開玩笑的語氣問。

「只是恰好做了不太舒服的夢……」她低聲回應，「對了，妳們有駕照嗎？」

蔡佳蓉舉起手，面露困惑。

「在什麼時候妳會需要開車？」

她們聽了這個問題面面相覷，不理解為什麼范以歆要問這種問題。

「下雨或是去大賣場。」蔡佳蓉認真思考，「啊，我外公生病時，也是我負責載他去醫院。」

「醫院！對，颱風天突然出門可能就是要去醫院。颱風天沒有計程車，所以他才得自己開車。」范以歆說著，又想起在平行時空和何力揚巧遇的情景，想起他提到他姊夫出差的事，突然豁然開朗，握住蔡佳蓉的手拚命道謝，隨後帶著手機離開。

「以歆到底是怎麼了？午餐也只咬了一口。」陳誼如不禁蹙眉。

「我也不知道，如果一切沒事就好了。」蔡佳蓉望著她的背影說道。

范以歆回到辦公室，握著手機趕緊撥打電話給何力揚的姊姊。

「喂，以歆，怎麼會想打電話給我？」何力揚的姊姊何郁秀聲音充滿疑惑。

「郁秀姊，我問妳，妳家在哪裡？」

「為什麼突然想問我這個問題？」

「妳是不是懷孕了？」

何郁秀聽見她的問題愣了幾秒才開口：「為什麼妳會知道？力揚告訴妳了？」

「嗯。所以我想找時間探望妳。」她隨口回應，畢竟無法解釋自己是從平行時空得知。

「我家在和平東路上，最近妳和力揚有點奇怪，應該沒什麼事吧？」何郁秀問。

「沒事。我們會沒事。郁秀姊，我找時間會去拜訪妳。姊夫出差妳要好好照顧自己，好嗎？」

「咦？我有跟妳說過我老公出差？」何郁秀語調吃驚。

「啊，我主管找我，先講到這裡，有什麼需要幫忙的一定要聯絡我，一定呦。」范以歆慌張結束通話。

二十八日，說不定有必要把力揚的姊姊接到家裡住。范以歆認真思考對策。不管是平行時空或是這裡，她都希望極力避免何力揚發生意外。

到了晚上九點，范以歆將手機、鬧鐘等身邊所有可能干擾她做夢的物品整頓好，決心再次重回平行時空，拯救何力揚。

她無法確定這一趟自己人會出現在哪一個時間點，手拿著藥丸暗自祈禱：「拜託讓我來得及救力揚。」

說完，她將藥丸吞進肚裡，十分鐘後她已沉入睡眠之中。

她醒來時，耳邊聽見強風敲擊門窗的聲響，四處張望卻不見邱凱翔的身影，只有自己一人待在家中。

她打開電視，新聞顯示時間是十月二十八日，晚上七點零三分。

「這時間學長怎麼不見人影？」她慌張尋找手機時，發現桌上放了一張紙條，上頭寫道：「我出去找力揚，很快就會回來。」

「他怎麼自己跑出去呀？」范以歆慌張抓起手機，心想邱凱翔出門肯定是因為自己上回和他的對話，不禁害怕因為自己的話反而害他遭遇危險。

「洛基颱風最強陣風已達十七級，請民眾儘量不要出門……」電視新聞正在播報颱風災情，然而就算沒有看新聞，窗外的風雨如洗車場般不停將雨水潑打在窗上，一聽就知道外頭有多危險。

「喂，阿凱學長，你怎麼自己衝出門？」范以歆一聽見通話接通趕緊大喊。

「以歆，妳從另一個時空回來了？」邱凱翔低聲問。

「你現在人在哪裡？」

「我正準備回家，妳別擔心。」

「笨蛋，怎麼自己跑出去？要是你出事怎麼辦？」

「抱歉讓妳擔心了，再十分鐘我就會到家。」邱凱翔說著結束通話。

范以歆著急地走到窗邊，雨水打在窗上，無法看清楚窗外的景象。在這種情況下，到底要怎麼開車？她不禁心急如焚。

不久大門打開，只見邱凱翔渾身濕淋淋地走進家門，手上還拿著一把彎曲的傘。

「以歆，抱歉嚇到妳了。」邱凱翔微笑望著她。

「就說你把懷孕的妻子丟在家裡找我做什麼。」何力揚出現在後頭，露出一臉不情願的表情。

「你把他帶回來了。」范以歆望著邱凱翔，面露感激。

「當然，妳不是說擔心他一個人在家不安全，要我接他過來吃火鍋嗎？我早早就出門了，這傢伙太會拖，要是早一點回來就不會淋成落湯雞。」邱凱翔輕握范以歆的手安撫。

范以歆心想如此一來是不是可以構成新的分歧點？

「好了，你們趕快把衣服換下來。」她推著兩人進臥房後，走到廚房準備煮飯。打開冰箱，裡面放滿火鍋食材，顯然邱凱翔在她不在時已經先做好準備了，但她明白這些還只是開始，現在晚上七點多，還沒到關鍵時間。

「阿凱的衣服太大件了。」何力揚先走出臥房，拿著毛巾擦拭頭髮。

「還好吧，我們身高又沒差多少。」邱凱翔隨後走出來。

范以歆看著兩人微笑，看到他們同時出現在身旁，不禁感到安心。

「笑什麼？看起來怪毛的。」何力揚看著她蹙眉。她發覺這裡的何力揚個性挺不討喜。

「什麼很毛？我笑是因為開心，你都待在國外，可以這樣一起吃飯的機會很少。」范以歆忍不住回嘴。

「我不會打攪你們夫妻幸福的時光嗎？」何力揚搔搔頭。

「你來我們都很高興，怎麼會是打攪。」邱凱翔輕拍對方的頭。

「好了，坐下來準備吃飯。」范以歆微笑將電磁火鍋爐放在桌上。

「雖然在颱風天吃火鍋挺奇怪，但總覺得很久沒吃了。」何力揚聽話坐下，邱凱翔則在一旁協助妻子。

「以前社團聚會常常吃火鍋吧。新加坡人不吃嗎？」范以歆問。

「有，只是沒什麼人可以一起吃，回家都很晚了，自己一個人隨便吃就好。」

范以歆望著他，就像是看著原本時空的未婚夫，不禁露出一臉哀愁。

「力揚，你姊姊一個人在家沒問題吧？」范以歆又問。當務之急是要抑制所有可能的突發狀況產生。

「我姊不會有事，我媽也在家陪她。」何力揚抬頭看她，眼神中略帶疑惑。

「我只是想起上次在醫院見到她，想關心一下。」她心虛回應。

「嗯，她沒事。」何力揚低下頭，想起上回爭吵的事，表情瞬間變得尷尬。

范以歆堆起微笑，轉身走回廚房。

邱凱翔跟在她身旁，悄聲說：「放心，他姊姊不會有事。妳昨天打電話給何媽媽，告訴她力揚姊夫出差，所以她的母親才會去姊姊家。有何媽媽照顧他姊姊，而且何媽媽也會開車，不會有問題。妳想到的我們也想到了。」

范以歆微笑，明白邱凱翔已經先和這裡的自己討論出各種情況，並試圖找出解決的辦法，但她心中依舊感到不安。

要是車禍和偉恩所說一樣是必然事件，那麼是不是會再出現什麼導致必然事件發生的因素？

三人同桌吃飯閒聊，范以歆總忍不住注意時間，顯得十分不自在。何力揚時不時瞥向她，也察覺到她樣子有些奇怪。

經過一個半小時，鍋子已經空了。

「好久沒吃這麼撐了。」邱凱翔起身幫忙整理餐桌，經過范以歆身旁時，輕拍她的肩，試圖要她放鬆。

范以歆端起碗盤走到他身旁，低頭看向手錶，時間是晚上九點十分。

「已經九點了，應該不會出事。」邱凱翔靠在她耳邊說，「更何況他人在我們這裡，不是嗎？」

「但我總覺得很不安心。」范以歆握住他的手。

兩人返回餐桌旁時，卻見何力揚穿起外套準備出門。

「這麼晚了，你要去哪裡？」范以歆驚呼。

「我姊剛才打電話給我，說我媽跌倒，腳扭傷了，希望我幫忙送她去醫院。阿凱，你的車可以借我開一下嗎？」

「可是現在風雨很大耶。」邱凱翔跟著勸說。

「沒關係，比之前小多了。」

「扭傷應該還好，等雨停了再去嘛。」范以歆又說。

何力揚望著她蹙眉道：「我媽以前年輕時出過車禍，腳受過傷，要是拖太久我怕會有後遺症。」

「那我陪你去。」邱凱翔說著走進房間拿外套。

「你真的要去？」范以歆進房低聲問。

「如果是我開車，或許就不會有事。我會慢慢開，妳別擔心了。」邱凱翔輕拍她的背安撫。

「但要是連你也發生意外呢？」

「走的路線不同，不會遇到出事地點。」邱凱翔親吻她的額頭，走出房外。

「如果分歧點不夠重大，最後還是很可能讓必然事件發生。」范以歆想起偉恩說過的話，深感不安。導致必然事件的因素從何力揚的姊姊換成他母親，如果車禍已經不是必然事件，那麼為什麼何力揚的母親偏偏會在這時候跌倒？當時他出車禍送到醫院時，他母親明顯沒事。她明白必須要有更重大的分歧點，才可能避開必然事件。

「阿凱，你別去了。在家照顧以歆吧，我去去就回來，我還得還你車呢。」何力揚說道。

「沒關係，你姊姊家離這裡還算近，我開車送你去吧。」邱凱翔堅持。

「我媽受傷和你又沒直接關係，你不用跟著去。」何力揚搖頭拒絕。

范以歆盯著兩人緊咬下唇下定決心，握拳道：「當然有關係！我是特地來到這個時空救你的，怎麼會沒關係？」

邱凱翔詫異地望向妻子，沒想到她竟然會把平行時空的事說出口。

「范以歆，害喜讓妳產生幻覺了嗎？」何力揚蹙眉看她，顯然在這個時空他確實沒有接受偉恩的治療，把她的話當成玩笑。

「我出門了。」何力揚扔下呆愣在原地的范以歆。

「才不是幻覺！」范以歆試圖跟上前，但何力揚已經走進電梯裡。

「等一下。」邱凱翔在電梯關上前急著衝進去，「我們會平安回來的。」他望著范以歆柔聲安撫。

「該怎麼辦？」范以歆呆立在原處，看著電梯數字不斷往下降。

雖然說現在的情況和當時相比，路線更改、邱凱翔同行，但不代表就會沒事，如果反而增加傷害，她要怎麼向另一個自己交代？

范以歆衝回房內，撥打邱凱翔的手機。

怎麼辦？必須想出更重大的分歧點，不然他們兩人可能都會有危險。她聽著手機的嘟嘟聲，著急心想。

「喂，以歆，外面風比想像中還要小，不會有事，我負責開車。」邱凱翔接起電話，語氣沉穩回應。

范以歆聽著對方的話靜默不語，突然臉色刷白。

「我已經在路上了，放心我是戴耳機，要是不安我就不切斷通話，妳可以聽到我們這裡的情況。」

「阿凱學長，你可以折回來嗎？」范以歆低頭，聲音顫抖。

「發生什麼事了嗎？」邱凱翔察覺她聲音有些不自然。

「我不是很懂，但我想我可能快要生了。」她望著腿間流出來的液體，慌張坐在沙發上。

「我知道了，我這就回去。」邱凱翔匆促結束通話。

范以歆突然覺得雙眼昏花，這裡不是她的時空，發生這種緊急狀況，現在她的身體正確來說並不是屬於自己，她根本不知道該怎麼辦。

「原本的范以歆，趕快回來呀。」她慌張唸道。

「以歆，妳沒事吧？」邱凱翔趕緊衝進房內，何力揚跟在他身後。

「現在先送她去醫院吧。」何力揚上前扛起她的肩膀。

「不行，我不能生啊，我不是這時空的人，等這裡的范以歆回來再生。」范以歆搖頭望向邱凱翔。

「以歆，放鬆，總之現在最重要的是你們的安全。」邱凱翔撐起范以歆另一邊的肩，他看起來也很驚慌。

兩人扶著她搭上電梯。

「等一下我開車，你顧好她。」何力揚說著按下關門鍵。

「不行，你不可以開車。」邱凱翔大聲反對。

「她是你老婆，當然是你照顧她。」何力揚對邱凱翔的反應露出一臉困惑。

「別吵了，讓學長開車。」范以歆努力深呼吸保持冷靜。她從未料到事情會這樣發展，這小孩應該由原本的范以歆負責生，怎麼會是她？然而她只一心想潛入平行時空，根本沒問過緊急時刻怎麼將自己的意識回歸正確時空。

范以歆被抬進後座，雖然說颱風減弱，但雨勢依舊不小，三人濕淋淋地坐進車裡。

「力揚，你媽怎麼辦？」范以歆一邊問一邊看著渾圓的肚子，面帶驚恐，「我看我還是在家待命……」

「剛才不是吵著叫我別去嗎？」何力揚煩躁咂舌，「我剛才打電話給她了，她們知道妳要生了，叫妳安心生產，我媽會請鄰居載去醫院。」

「我沒辦法生，叫原來的范以歆回來啦。」范以歆慌張大叫。

「等她回來會來不及。」邱凱翔盯著後照鏡，趕緊開車出發，「力揚，抱緊她，現在是緊急狀況，勉強准許你抱她。」

「力揚，手機、快把手機給我。」范以歆大喊。

何力揚聽話將手機交給她：「妳要打電話給妳媽媽？」

「現在打給我媽也沒用。」范以歆說著將背下來的號碼輸入手機裡。

「喂，偉恩嗎？我是范以歆，快告訴我怎麼離開平行時空！」

「妳在說什麼？」手機傳來偉恩吃驚的聲音，「現在是颱風天，發生什麼事了？」

「說來話長，我現在不能待在這裡，我要回去我的時空。」

「妳在說什麼我聽不懂。」偉恩平靜回答。

「我來這裡要製造新的分歧點，為了救這裡的力揚，但結果沒想到讓這裡的范以歆提前生產，快告訴我怎麼把意識還給她？」她忍不住大吼。

「她到底在說什麼？」何力揚抱著她茫然望向邱凱翔，但對方只是專心開車。

車子抵達醫院，他們合力抬她衝進醫院內，但她還是堅持不鬆開手機。

「小姐，我老婆要生了，快幫我找醫生。」邱凱翔跑向櫃台，而何力揚陪著她坐在等候區。

「不妙，我覺得小孩隨時會出來。」范以歆搖搖頭對著手機大喊：「我沒懷過孩子，這責任不該由我負責！」

「妳想把意識還給原本的范以歆，方法很簡單，只要妳睡著就可以了。」偉恩態度輕鬆地回應，讓范以歆更加火大。

「你說我現在要怎麼睡著？」范以歆對著手機大吼，肚子持續陣痛，根本不可能入睡。

這時醫生和護理師推著推車出現，何力揚彎下腰將她抱上床。

「爸爸是你嗎？」醫生看向何力揚，他尷尬指向一旁的邱凱翔。

「總之先進手術室。」醫生說著對護理師點點頭。

「抱歉醫院裡禁止打電話。」護理師說著從她手中搶走手機。

「等一下，我還沒講完。」范以歆眼睜睜看著最後求助的機會被切斷。

「抱歉，以歆妳就乖乖聽話吧。」邱凱翔在旁握住她的手。

他們三人一齊搭上電梯，范以歆被醫生推進急診室裡，邱凱翔換上手術服跟著進去。

「看樣子羊水破了一陣子，要剖腹比較安全。」醫生檢查後說道。

「為什麼要剖腹？」范以歆無法想像自己的肚子被剖開。

「放心，會麻醉，手術時間妳會睡著，醫生很有經驗，不會有事。」護理師柔聲安慰。

「可是肚子要被切開耶。」范以歆不安望向邱凱翔。

「安心吧，我會陪在妳身旁。」邱凱翔握住她的手。

范以歆眼看著護理師替自己打入麻醉藥，意識漸漸飄離。

4-3

「啊！」范以歆大叫一聲，從床上跳起來，一不小心跌落床下，發覺自己已經醒了。

「另一邊不知道怎麼了，要是另一個我突然醒來一定會嚇一大跳吧？」她喃喃自語，但不禁鬆了一口氣，至少不必由自己代替生產。

她轉頭看向鬧鐘，這才發現自己竟然睡過頭，已經是早上九點了。

「還是請假好了。」范以歆努力不去想像主管明天會怎麼發怒。

她伸懶腰回想在平行時空發生的事，不禁在意當時進手術房時是幾點鐘，何力揚有沒有順利避開危險。

她打開手機向主管道歉，並請假休息。事實上就算沒睡過頭，她也很疲倦，畢竟在夢裡發生了太多事。與其在上班時間打瞌睡，還不如在家休息，順便打掃房子。

她吃過早飯後，偉恩突然打電話過來。

「喂？」范以歆想起在另一個時空的偉恩，忍不住態度兇狠。

「怎麼了，難道我吵醒妳了嗎？」對方發覺她氣焰高漲，不禁語帶困惑。

「沒有，只是想起另一個你有多麼可惡。」

「這樣嗎？我想不管我在哪一個時空都會是一樣的個性。」他輕鬆一笑。

「你打來有什麼事？」

「我是來關心妳，看妳在平行時空發展得如何？不過聽妳的口氣，我猜大概沒什麼問題吧。」

范以歆嘆氣，告訴他在平行時空發生的事情。

「原來如此，妳因為被麻醉而睡著，所以回來了。」

「對，但也因為這樣我無法知道後來結果如何。」她壓著額頭，面露不安。

「依我看來，妳和邱凱翔製造了不少分歧點，但最大的改變恐怕是妳突然要生產吧，本來距離預產期還有一個多月，但卻讓小孩提前誕生，這件事必定會影響必然事件的發展，畢竟最後何力揚後來避開去姊姊家的結果。如果不安，今天晚上再去一趟，不就會明白了？」

「嗯。」范以歆望向窗外，外頭天空有些陰暗，或許颱風真的要來了。

「放心吧。不論如何，妳已經盡力。這件事結束後，妳該把注意力轉回自己身上，距離十二月二十日只剩兩個月。」

「你怎麼知道我結婚的日期？」

偉恩笑了笑沒回答。

「總而言之，好好休息吧，一切都會沒事。改天有空一起喝茶，我也想和妳輕鬆聊天。」

「我跟你有什麼好聊的？」

「別這麼無情嘛。不吵妳了，讓妳休息。」

「這個人果然是怪人。」范以歆盯著手機螢幕蹙眉，但和他聊過後心情確實輕鬆不少。

結束通話後，范以歆靠在窗邊回想平行時空的何力揚，低語道：「他看起來瘦了好多。」

范以歆急於知道平行時空後來發生什麼事，當天晚上隨手看了本書便上床睡覺。之前的藥效似乎還在，她將藥放在床頭上躺下入睡。

她進入平行時空不只一次，已經摸透兩個時空的差異，感覺自己的意識浮起，飄往另一個時空，她緩緩睜開眼，嗅到漂白水的氣味。見到白色床鋪和牆壁，鐵製的床及點滴，她知道自己人還在醫院。

「肚子變小了。」她低下頭發出驚呼，此時她的肚子雖然還沒完全變平，但明顯身體輕了不少。

「妳醒了。」邱凱翔靠在門邊對她露出微笑。

「學長，一切平安嗎？」

對方聽她稱自己學長，會心一笑點點頭。

「我早就猜到妳還會再來，是要確定力揚沒事吧？」

范以歆點頭：「當然我也想知道小孩安全。」

「嗯，很健康。在妳來之前，她有醒來過一次，也看過小孩了。妳會想看嗎？」邱凱翔搔搔頭，表情充滿幸福。

范以歆望著他微笑：「我想看，但還是不看比較好，如果對這個時空留有太多依戀，我怕會捨不得。」

她對他招招手要他靠近，隨即握住他的手，柔聲說：「我很高興你在這裡過得很幸福。」

「在妳的世界，我過得怎樣？」邱凱翔微笑望著她。

「你變成一個很厲害的攝影師，為了工作到處飛行，甚至還開了一個攝影展。」

「聽起來挺好的，但我想我維持現在的生活就已經夠幸福。」

范以歆望著他想起原本時空的學長，微笑瞬間消失，什麼也不說，只是輕拍他的手。

「放心吧，不管在哪個時空，我都會好好照顧自己，而我希望妳也是。」

「我會的，真的很謝謝你。」范以歆捧起他的手，感激地輕輕一吻。

邱凱翔微笑摟住她的肩，明白這將會是他和另一個時空的妻子最後一次見面。

「之前你不是問過我，橫跨兩個時空，我有沒有找到自己最理想的生活嗎？」范以歆靠在他耳邊說。

「所以妳找到了嗎？」

她搖搖頭：「對范以歆來說，兩邊都是幸福的，只不過對我而言，原本時空裡和我相處七年的何力揚才是我最重要的人，不管他是不是毀約背著好友向我告白，他對我來說都是我唯一的選擇。而這裡的我，你才是她唯一的選擇。」

「我想沒有比這更好的答案了，該是時候讓妳見見他，妳一直捨不得這裡，最大的原因是擔心他吧？」

邱凱翔轉頭望向門外，何力揚站在外頭，注意到兩人的視線趕緊別過頭。他走出房外，輕推何力揚的肩膀，要他進去。

「進來呀。」范以歆對他揮揮手，「何媽媽還好嗎？」

「檢查後沒什麼大礙。」何力揚搔搔頭。

「那就好了，今天幾號？」

「二十九號。」何力揚走到床邊，「妳可以跟我解釋妳舉動反常的原因嗎？」

「我是被這個時空的自己叫來的，為了要救你。」

何力揚靜默，比起先前不相信的態度，他現在已經沒那麼抗拒關於平行時空的說法。

「所以妳來醫院的路上一直講電話，跟妳對話的是平行時空的人嗎？」

「不是，他只是讓我來這裡的人。」范以歆牽起他的手，「如果我跟你說我在另一個時空是你的未婚妻，你相信嗎？」

他搖了搖頭。

「你在七年前向我告白，而我沒有拒絕你，所以我們已經交往七年了，而在去年你向我求婚，決定在今年底結婚。不管你相不相信，那都是事實。」

「即使知道我背著與邱凱翔的約定，向妳告白，妳還是接受我？」

范以歆點頭：「接受，因為在那七年間我喜歡上的人是你，你和學長的約定跟我沒有關係。或許是因為這樣，所以這裡的我才跨越時空找我幫助你。我和她都很愛你，所以當知道你有危險時，才會趕來這裡。」

「危險是指車禍嗎？」

「你知道了？」

「妳和阿凱一直不讓我開車，我當然也猜到了。」何力揚握住她的手，「我還是無法相信另一個我和妳在一起了。可以讓我知道在另一個時空我有多幸福嗎？」

「十二月二十日是我們結婚的日子，不過你因為過去和學長的約定感到內疚，所以希望取消婚禮，讓我重新選擇學長。」

「那妳的決定呢？」何力揚抬頭望向她。

范以歆舉起他的手十指相扣：「我決定要像現在這樣不讓你離開。」

何力揚盯著兩人的手，雙眼泛淚點了點頭，伸出手攬住她的肩：「請妳務必緊緊抓住另一個我。」

「我會。而我也希望你可以像他一樣過得快樂，因為你的幸福就是我的幸福，你一樣應該獲得快樂。」范以歆說著目光泛淚，她捨不得這裡的他過得這麼痛苦。

「謝謝妳，以歆。」何力揚在她耳邊輕聲回應。

「恐怕是因為手術的緣故，我有點睏了，得回去本來的時空。」范以歆回抱住他。

「別再擔心。這裡的何力揚不是妳原來時空認識的他，放手回去吧。」何力揚不捨地望著她。

「我不管在任何時空都會愛著你。」范以歆對他微笑，親吻他的臉頰。

她在意識懸空漂離的前一刻，聽見何力揚輕聲回應：「我也是。」

＊

范以歆自平行時空返回後，經過四天來到必然事件發生的前一日。

下班後，她搭著計程車到何力揚的外婆家，當她按下門鈴時，何媽媽看到她出現不禁露出吃驚的表情。

「以歆，妳怎麼來了？我聽力揚說……」何媽媽望著她說不出話。

「我大概猜得到他說了什麼，所以我才會來這裡。」

「我也覺得奇怪，上次妳來家裡幫忙時，他的表情一直很不自然。如果他對不起妳，儘管跟我說。」何媽媽握住她的手。

「我聽說姊夫出差，明天颱風要來了，她一個人在家恐怕不太好。」

「真是的，那孩子都沒跟我說。」何媽媽忍不住嘆氣。

「何媽媽，我今天可以留在這裡嗎？我還想和力揚好好說清楚。」

「也好，你們是該好好談。交往七年好不容易要結婚，這樣分手太可惜了。」何媽媽輕拍她的肩讓她進房。

半小時後，何力揚回到外婆家，看見范以歆坐在客廳裡，不禁面露吃驚。

「為什麼妳會來這裡？」

「你說過二十八號整天都要給我，不是嗎？所以我早一天來待命。」范以歆站起身望著他。

何媽媽穿起外套走向兒子，伸手輕拍他的肩：「你姊一個人在家怎麼也沒跟我說？我這幾天去她家，你們留下看家吧。」

「何媽媽路上小心，小心路滑。」范以歆對著她說。

「知道了，記得好好對這臭小子說教。」何媽媽轉頭一笑走出門外。

「現在只有我們了。」范以歆聳肩對他微笑。

何力揚看著她嘆氣。

「我真不懂妳最近是怎麼一回事？比起以前剛交往時還要常打電話給我。」他走到餐桌前拉開椅子坐下。

范以歆倒了一杯水給他。

「謝謝。」他一臉尷尬接過水。

「你和何媽媽說了我們的事？」她露出不滿的表情。

「畢竟十二月就快到了，得趕緊說清楚。」他面露尷尬。

她咬著下唇，表情變得更加難看。

「抱歉，我應該早點做決定，如此一來妳也不必面對婚禮突然取消的事。」

「你有膽子毀約，卻沒有勇氣堅持到底嗎？」范以歆瞪著他看。

「以歆，我是因為……」何力揚放下筷子望著她，她不理會只是整理桌上的空盤。

她伸手將掛在脖子上的項鍊拉出來，露出懸掛在項鍊上的戒指：「只要這戒指還在我身上的一天，我就不同意取消婚約。」

何力揚站起身試圖奪走項鍊，但范以歆雙手緊握，不讓他拿。他見她一臉堅定，只好搔搔頭作罷。

晚餐結束後，他們沒有交談。范以歆不想和他吵架，她解決了平行時空的危機，現在該想辦法讓這裡的何力揚安全度過十月二十八日。

晚上十一點，何力揚望著電視新聞，風雨愈漸增強，各縣市發布停班停課的消息。

「還真的放颱風假了。」何力揚望著電視喃喃自語。

「所以我說明天颱風會很強，絕對不可以出門。」范以歆雙臂交抱緊盯著他看。

「知道。」何力揚苦笑，「這麼晚了，趕快去睡覺，妳睡我房間，我去睡我外婆房間。」

何力揚說完，見她遲遲不移動腳步，只好半推半拖將她送進房間裡。

「我不會出門，放心好了。」何力揚說著關上門。

他才走進外婆房間沒多久，手機就發出聲響。

「喂？我已經要睡覺了。」他無奈回應。

「我知道你不會出門，但可以陪我聊天到我睡著嗎？」

何力揚躺在床上，揉了揉眉間輕聲答應。

范以歆翻出口袋裡的紙條，那是來自平行時空的自己捎來的最後一則訊息：「我會幫妳顧好這個時空的何力揚，也請妳照顧好另一個時空的他。」

兩人對著手機聊天，范以歆話說到一半，卻聽見另一頭傳來低沉的呼吸聲。她輕聲嘆氣：「從以前就是這樣，每次都是自己先睡著。」

她切斷通話，悄悄走出房間到何力揚所在的房裡，幫他取下手機，蓋好棉被。她望著他想起前天偉恩找自己的事。

那天晚上，她依約到指定的咖啡廳，偉恩已經坐定位等她。

「你不用工作嗎？現在這時間是門診最多人上門的時候吧？」范以歆挑眉看著他，在他對面坐下。

「時空旅人準備暫時休業一陣子了。」

「不是經營得挺好的嗎？」范以歆面露吃驚。

「妳給我不少新的想法，所以我決定回澳洲繼續研究以前沒完成的實驗。」偉恩對她親切一笑。

「那你應該好好感謝我，這頓飯請客。」

「當然，這算不了什麼。更重要的是，我想告訴妳造就妳和平行時空產生差異的分歧點恐怕不只一個。」他收起笑容，表情嚴肅。

「你想說什麼？」范以歆露出一頭霧水的表情。

「我在學生時期剛進行平行測量的研究時，我的第一個實驗者是我的朋友，我們認識的時間不算長，但他告訴我他收到一封告白信，而他正在猶豫要不要回應。他喜歡那個女孩，可是不巧他的朋友也一樣喜歡對方。他們三人相當要好，而他不希望破壞彼此的感情，所以要我讓他參與實驗，實驗的結果他沒有完整告訴我自己夢見什麼，只跟我說藉由我的實驗，讓他看見不回應的時空裡女孩過得更好，因此他決定將自己的心意收在心底。」偉恩緊盯著范以歆的臉，「當時我研究的主題就是平行時空，而他信任我的實驗，選擇了違背自己心意的決定。後來我的實驗沒能完全證明平行時空的存在，而我也對他感到愧疚，隔了好多年再次和他聯絡，才知道他喜歡的女孩已經要和他的好友結婚，因此我才跑回台灣開了那間診所。」

「你的好友是指阿凱學長？」范以歆瞪大眼，頓時不知該作何反應。

他點頭表情複雜：「沒錯，就是邱凱翔。我本意是希望引誘妳上門，然而在我找到妳之前卻先遇到阿凱的好友，也就是妳的未婚夫。他因為背棄與好友的約定而內疚至今。我試圖引導他，讓他看看沒告白的另一個結局，好讓他自動退出，然而在他來了不久，妳馬上出現，並且有著和他一樣的疑惑。我心想既然你們都對結婚感到不確定，或許可以誘使你們分手。一切發展得太順利，我以為可以彌補過去，既然無法證明平行時空存在，那麼當年我很可能誤導阿凱，而妳的困惑或許能幫助我修正錯誤，但妳卻幫我證實平行時空真的存在。」

范以歆一時無法吸收這麼多真相，呆愣半晌才回應：「所以你一直想要誘導我轉往選擇阿凱學長的結果？」

「對。所以真正產生現在時空的分歧點，不只是因為何力揚的告白，而我和阿凱相遇也是分歧點之一。因為當我在催眠妳的時候，妳不知道我和他互相認識，所以當妳重新構築一個新時空時，就是建立在我和他不相識的條件下，並成功抵達符合該條件的時空。」

「所以如果我知道你和學長認識，那麼在新時空不論我有沒有拒絕力揚的告白，還是會和力揚在一起？」

「這很難說，要是一不小心，恐怕會演變成三人的友情撕裂。」他聳肩，「然而或許最關鍵的分歧點是阿凱。在妳告訴我平行時空何力揚遭遇車禍時，我才明白當時阿凱放棄向妳告白真正的原因，如果他不相信我的實驗，而選擇向妳告白，那麼現在的時空恐怕真的會和平行時空重疊。」

「但你說過車禍可能是必然事件，我們所在的時空仍可能發生，不是嗎？」

「當時阿凱只看到平行時空的結果，無法得知我們所處的時空會如何。他只是選擇不要冒險，同時捨棄自己的幸福。」偉恩輕聲嘆氣，「但不論如何，妳已經做出決定。而我只是想告訴妳這些事，當作離別的禮物。」

「我很感激阿凱學長，他真的是我很重要的朋友，但我到過平行時空後反而更確定不會更改我的選擇。」

「我知道，所以我希望妳可以忠於自己的決定，好好把握住妳要的幸福。」偉恩露出發自內心的微笑。

范以歆從回憶中回神，望著躺在床上熟睡的何力揚微笑，她已經做出決定，不會再退縮。

隔天一早，范以歆被窗外風雨聲吵醒，颱風強度比昨夜更大，強風將附近行道樹的落葉吹至窗上，雨水隨風猛烈拍打，震動窗戶。她走出房外，看見何力揚正在講電話，目光瞥向電視新聞。

「你要出門？」范以歆上前緊抓住他的手臂。

「沒有啦，我只是打電話問我姊她們在家安不安全。」何力揚轉頭看向她，低聲回答。

「是以歆嗎？你們和好了？」電話傳來他姊姊的聲音。

「妳們沒事我就先掛斷電話。」何力揚紅著脖子將話筒掛上，「外面風雨這麼大，我也不可能出門。真不懂妳在擔心什麼。」

他望向范以歆，雙手抱胸。

如果真是這樣就好，我在這裡又無法像平行時空一樣做出什麼重大的分歧點。范以歆暗自心想，輕拍扁平的肚皮。

「餓了嗎？」何力揚看了她的動作問道。

「家裡有什麼可以煮的食材嗎？」她把手挪開腹部，尷尬一笑。

兩人互相對望，不過才分居幾日突然感覺像是一年沒見面一樣。

到了下午，窗外的雨勢更甚，整面窗被雨水覆蓋，看不清楚外頭的景象。

「颱風似乎還要好一段時間才會結束。」何力揚望向窗外，兩人坐在客廳，相隔一段距離。

「那一天也是雨天。」范以歆望著霧濛濛的窗外，「你向我告白還有我們正式交往那天都恰好是雨天。」

「兩天都在下雨，運氣真不好。」

「正因為是雨天，所以更讓人印象深刻。」

「向妳求婚那天也是雨天。」何力揚嘆氣。

「不是，那天雨後彩虹出現了。隱約浮在天邊，我還記得很清楚。」她微笑。

「那已經是過去的事，妳應該過新的生活，不要再回想。」何力揚避開她的眼神。

「真的是個壞心的傢伙。」范以歆忍不住咒罵。

晚上晚飯後，范以歆擔心會像平行時空一樣發生突發狀況，於是又打了一通電話給何力揚的姊姊，得知兩人一切平安，沒有遇上什麼問題。

她和何力揚一起坐在客廳看新聞報導這次颱風的災情，幾乎全台籠罩在颱風之中，各處樹木倒塌、河水暴漲，街道上淹起數公分的積水。

范以歆眼睛不停盯著新聞上的時間，兩隻手緊握不放。她心想，現在時間晚上九點十四分，有沒有可能在這個時空力揚根本不會遭遇到車禍？

就當她胡思亂想時，何力揚的手機發出震動。

她慌張看著他接起手機。

「是、是的，經理。我家這裡還好，沒什麼事。」他盯著新聞畫面，眉頭深蹙。

手機另一頭的聲音太小，范以歆聽不見，只能聽到何力揚的回應。

「破掉了？面向大街的那面窗嗎？什麼時候破的？」何力揚話說到一半突然站起身，「大樓警衛還在嗎？……好，我知道了，謝謝。」

他切斷通話跑進房間。范以歆跟上前，只見他脫下上衣，換上外出服。

「你要出門，我也跟去。」她慌張衝出房外，拿起自己的外套。

「外面風雨很大，妳待在這裡。」何力揚輕拍她的肩從她身邊走過，逕自打開房門走出屋外。

雖然颱風雨勢漸弱，但風還是很大，撐傘也擋不住雨水的攻勢。

他上車擦去身上的雨水準備發動車時，卻見范以歆自副駕駛座上車。

「我不是叫妳待在家裡了？」他面露煩躁唸道。

「既然你判斷出門沒問題，我當然也要跟你去。」范以歆說著已經繫上安全帶，顯然不願意退讓。

「真拿妳沒辦法。」何力揚蹙眉，轉動方向盤。

一路上幾乎看不見半個行人，只有少數幾輛車在街上移動。范以歆專注地望著遠方，確定路況是否安全。

「等一下我順路載妳回家，妳可別再耍賴了。我問過阿凱，他這兩週還會在台灣，暫時沒有出國工作的行程，妳可以去見他。」

「我一點也不在乎你七年前有沒有遵守和學長的約定，那約定是你和他的事，我跟你交往是我自己的意願。」范以歆盯著他看。

前方紅燈，他將車停下來，轉頭望向她：「我很抱歉佔用了妳七年的時間，妳有沒有想過，如果我沒有告白，妳現在應該是和阿凱在一起。」

「對，甚至還結婚生子了。但我並不在乎，在這個時空我已經選擇你。在你去時空旅人之後，我也去過了。不管另一個時空的生活有多麼美好，那都是另一個我選擇的幸福，而不是我的幸福。」

何力揚望著她沉默不語，綠燈亮起，他踩下油門，車子繼續向前行。他見前方沒車，轉頭望向她接著說：「妳會這麼想是因為我搶走妳本來的幸福。如果我沒有那麼做……」

「笨蛋，前面有車！」范以歆驚慌握住方向盤向右方轉。

前方一輛貨車跨越中心的雙黃線，撞向他們的車。車子和貨車擦撞，在范以歆急忙轉動方向盤之下，往右轉了半圈衝向一旁的行道樹才停了下來。

范以歆受到衝擊，瞬間腦袋一片空白。當她注意到車子停止轉動後，睜開眼發現自己被何力揚緊抱在懷中。

「力揚，你沒事吧？」范以歆爬起身，慌張看向何力揚，只見他的太陽穴受到撞擊，流出鮮血。

「我還好，妳呢？」他輕觸流血的部位蹙眉，趕緊檢查范以歆的安危。

范以歆望向手錶，時間是晚上九點四十七分，已經度過必然事件了。

「太好了，你沒事。」她緊抱住他。

「等、等一下，我手臂好像扭到了。別抱這麼緊。」他說著按住她的肩膀，卻見她滿面淚痕。

「妳最近真的很奇怪，可以告訴我發生了什麼事嗎？」他擦乾她的眼淚問。

「我說過我也去見過偉恩，接受他的治療。他讓我看見另一個時空，在那裡你發生車禍，一直沒有醒來，而車禍日期就是今天。」

「所以妳才會突然衝到我外婆家？」

「我很害怕看見你渾身是血的模樣，見過那個景象，我才知道我真正想要選擇的人是誰。」范以歆靠在他胸前大哭。

「我擔心妳會不會只是因為夢裡見到我過得很不好，感到歉疚，所以才決定選擇我。我並不希望因此綁住妳。」

「我為了救你穿梭兩個時空好幾回，你竟然可以說這種話。」范以歆抬頭看向他，氣憤大罵：「我看起來像是那樣的人？你背棄約定，和我交往七年，我這七年就算是被你騙也已經上當了，還有可能改變心意嗎？不要再隨便猜測我的想法！」

何力揚抱住她，靠在她耳邊輕聲說：「抱歉，我不知道自己傷害到妳。我看見在另一個時空，妳過得很幸福，甚至比我想像的未來還好，忍不住懷疑自己是不是奪走你們的幸……」

他話說到一半昏了過去，倒在她肩上。

「力揚！力揚！」她慌張大喊，不久救護車來了，將兩人載走。

經過一夜，颱風遠去，窗外無風無雨，一片晴朗。房內白色窗簾隨風輕輕搖曳，何力揚躺在病床上，房內空調使他鼻子發冷。他睜開眼，看見病房內家人和朋友全聚集在病房裡。

「何力揚，你颱風天開車應該要更小心，要不是以歆在，你早就沒命了。」小康站在床邊大罵。他呆望著好友們，赫然想起先前發生的車禍，驚聲問：「以歆呢？」

「她沒事，只是脖子輕微扭傷，在另一間病房休息。今天應該就可以出院。」陳慧婷回答。

何力揚聽見對方沒事，不禁鬆了一口氣。

「你也真是的，颱風天為什麼要突然衝出門？哪裡吃錯藥了？」何媽媽大罵。

「我想力揚應該是為了這個吧。」從病房角落，一名中年男子走向前，手中拿著一張白色捲紙，捲紙外層覆蓋泥濘，因為泡過水而表面不平整。

「吳經理，你幫我帶來了？」他眨眨眼望著吳經理手中的紙捲，對方將紙捲交給他。

「沒想到你會急著想衝進公司，早知如此我就不告訴你辦公室的玻璃破損了。幸好你沒有什麼大礙。」吳經理拍胸鬆了口氣。

護理師進房幫他換點滴，何媽媽順道問了兒子的狀況。

「何先生有輕微腦震盪，肋骨有兩根因為撞擊受損，但動過手術沒什麼大問題，住院一週或許就可以出院了。不過這段時間要小心不能讓胸口受到壓力，肋骨的損傷一部分恐怕是車禍發生後處理不當傷害才加重。」

何力揚苦笑，回想起當下范以歆撲進自己胸口的畫面。

「護理師小姐，抱歉，我可以去見見另一位和我一起住院的范小姐嗎？」

「你要移動比較困難，還是我請她過來見你吧。」護理師微笑向何媽媽點頭後離開。

十分鐘後，范以歆走進病房，但脖子還套著護頸。

「給他們一些空間吧。」邱凱翔說道，輕拍范以歆的肩膀率先走出病房外。其餘親友點頭，留下他們單獨相處。

「妳的脖子還好嗎？」何力揚望著她。

她坐在一旁的椅子上，摸了摸護頸：「醫生說安全起見可能要戴一個月再拿掉比較好。你當時到底在想什麼？為什麼突然急著出門？」

何力揚搔搔頭，一臉羞赧地拿出放在一旁的紙捲，攤開來給她看：「我接到經理的電話，說公司辦公室窗戶被附近的招牌撞破，所以著急想去把這張藍圖拿回來。」

「這是房子的設計圖？」范以歆望著上頭的圖，雖然被汙水弄髒，但仍勉強可以看出方方正正的房屋構造圖。

「對，是我們家的設計圖。」何力揚難為情地低下頭，「我不敢告訴妳我是為了拿這張圖才出門，畢竟我跟妳說了要分手的事。」

「既然想分手，你幹嘛要冒著風雨去拿這張紙？」范以歆露出指責的神情。

何力揚迴避她的眼神，環顧四周：「妳在時空旅人接受治療時，也看到一樣的景象嗎？」

「我沒見到車禍現場，但是看見你渾身是傷、插滿管線的模樣，當時就躺在和這裡相似的病房裡。」范以歆說著不安地握住他的手。

「那些夢真的很真實，但我從沒想過在夢裡看到的事情會發生。」何力揚深呼吸，過去他也曾經藉由偉恩的治療看到自己發生意外。

「我也是，但我慶幸藉由平行時空讓我可以解救你，不管是哪一邊的你，我都不捨得放棄。我已經明白過去發生的事，而我還在這裡，甚至冒著危險坐上你的車。」

「我去治療後，見到妳和阿凱幸福的模樣，或許是因為內疚，使我再也無法想像我們的未來。」

范以歆搖搖頭，從口袋裡拿出一封信：「我們的未來會很幸福，因為另一個我已經替我們見證過了。」

她將信交給何力揚，他攤開信，上面寫著：

給另一個時空的以歆：

我收到妳的訊息，所以特地回到妳的時空一趟，我和妳一樣看到不同選擇的未來。妳可以很放心，因為力揚愛妳勝過他自己。你們會像情人同時像朋友一般度過每一日，會擁有屬於自己的家庭。他會是個好丈夫，也會是好爸爸。在我的時空經常會想起他向我告白的那一晚，我沒辦法給他幸福，而妳可以，請好好照顧我最好的朋友。

以歆

「那真的是來自另一個時空的信？」何力揚緊握著信紙，面露驚奇。

「是另一個我為了你帶來的訊息。」范以歆緊握住他的手。

何力揚握著她的手放在自己臉龐，閉起雙眼：「以歆，我真的不知道該怎麼辦才好，我覺得對不起阿凱，可是又捨不得放開妳，一拖再拖就拖了七年。本來打算抱著歉疚和妳結婚，但是在攝影展上看見妳動搖的表情，不禁猜想是不是自己做錯了。」

「不管我以前是不是喜歡學長，我現在喜歡的人是你，這一點不會改變。橫跨兩個時空，我更加明白自己的心意，就算你要推開我，我也不會再放手。」

「我做了那麼多讓妳受傷的事，妳還願意繼續和我在一起嗎？」何力揚凝視著她的臉。

范以歆從口袋裡拿出當時何力揚向自己求婚的戒指：「再一次向我求婚好嗎？」

何力揚接過戒指，此時窗外颱風已經平息，在金色陽光下，戒指銀色的環閃爍著溫柔光輝。他表情認真望著范以歆問：「妳願意嫁給我嗎？」

「當然願意。」她眼角泛出淚光，微笑點頭。

要青春26　PG1843

要有光 FIAT LUX

愛上平行時空的你

作　　者　朱　夏
責任編輯　林昕平
圖文排版　周妤靜
封面設計　楊廣榕

出版策劃　要有光
發 行 人　宋政坤
法律顧問　毛國樑　律師
印製發行　秀威資訊科技股份有限公司
114台北市內湖區瑞光路76巷65號1樓
電話：+886-2-2796-3638　傳真：+886-2-2796-1377
http://www.showwe.com.tw
劃撥帳號　19563868　戶名：秀威資訊科技股份有限公司
讀者服務信箱：service@showwe.com.tw
展售門市　國家書店（松江門市）
104台北市中山區松江路209號1樓
電話：+886-2-2518-0207　傳真：+886-2-2518-0778
網路訂購　秀威網路書店：http://store.showwe.tw
國家網路書店：http://www.govbooks.com.tw
總 經 銷　聯合發行股份有限公司
231新北市新店區寶橋路235巷6弄6號4F
電話：+886-2-2917-8022　傳真：+886-2-2915-6275

出版日期　2018年4月　BOD一版
定　　價　270元

國家圖書館出版品預行編目

愛上平行時空的你 / 朱夏著. -- 一版. -- 臺北
市 : 要有光, 2018.04
面 ;　公分. -- (要青春 ; 26)
BOD版
ISBN 978-986-96013-4-4(平裝)

857.7　　107002130

讀者回函卡

感謝您購買本書，為提升服務品質，請填妥以下資料，將讀者回函卡直接寄回或傳真本公司，收到您的寶貴意見後，我們會收藏記錄及檢討，謝謝！

如您需要了解本公司最新出版書目、購書優惠或企劃活動，歡迎您上網查詢或下載相關資料：http:// www.showwe.com.tw

您購買的書名：________________________________

出生日期：________年________月________日

學歷：□高中（含）以下　□大專　□研究所（含）以上

職業：□製造業　□金融業　□資訊業　□軍警　□傳播業　□自由業

□服務業　□公務員　□教職　□學生　□家管　□其它_____

購書地點：□網路書店　□實體書店　□書展　□郵購　□贈閱　□其他

您從何得知本書的消息？

□網路書店　□實體書店　□網路搜尋　□電子報　□書訊　□雜誌

□傳播媒體　□親友推薦　□網站推薦　□部落格　□其他__________

您對本書的評價：（請填代號　1.非常滿意　2.滿意　3.尚可　4.再改進）

封面設計____　版面編排____　內容____　文／譯筆____　價格____

讀完書後您覺得：

□很有收穫　□有收穫　□收穫不多　□沒收穫

對我們的建議：________________________________

____

____

____

請貼
郵票

11466
台北市內湖區瑞光路 76 巷 65 號 1 樓
秀威資訊科技股份有限公司　收
BOD 數位出版事業部

(請沿線對折寄回，謝謝！)

姓　名：__________ 年齡：______ 性別：□女　□男

郵遞區號：□□□□□

地　址：__________

聯絡電話：(日)__________ (夜)__________

E-mail：__________